大美中国——

美美的景致

钱国丹 ◎ 著

三环出版社
SANHUAN PUBLISHING HOUSE

图书在版编目（CIP）数据

美美的景致 / 钱国丹著. -- 海口：三环出版社（海南）有限公司，2024.9. -- （大美中国）. -- ISBN 978-7-80773-320-1

Ⅰ. I267

中国国家版本馆 CIP 数据核字第 2024F2N841 号

大美中国　美美的景致

DAMEI ZHONGGUO　MEIMEI DE JINGZHI

著　　者	钱国丹
责任编辑	张华华
责任校对	宋佳昱
装帧设计	吕宜昌
出版发行	三环出版社（海口市金盘开发区建设三横路 2 号）
	邮　　编　570216　　邮　　箱　sanhuanbook@163.com
社　　长	王景霞　　**总 编 辑**　张秋林
印刷装订	三河市同力彩印有限公司
书　　号	ISBN 978-7-80773-320-1
印　　张	13
字　　数	150 千字
版　　次	2024 年 9 月第 1 版
印　　次	2024 年 9 月第 1 次印刷
开　　本	690 mm × 960 mm　　1/16
定　　价	68.00 元

美美的景致
Contents 目录

第一单元

山 水 之 乐

白鹤瀑、白鹤寺和金溪

　　白鹤瀑发源于乐清县城西郊的丹霞山。从崖顶奔突而出的瀑水呈人字形向两边飞驰，颇似白鹤展翅。此瀑有时候看起来就像两条瀑布，因此也有人称白鹤瀑为"双瀑"。到了半山腰，双瀑合二为一，变得非常剽悍、非常粗壮，它时似猛虎腾挪怒吼，时似矫龙奔突狂舞，然后一头扎进深潭。潭水漩险流急，深不可测，据说是直通东海去的；潭旁石矶平滑，错落有致。右侧建有一"观瀑亭"，供游客坐赏小憩。瀑旁的峭壁上有"双瀑飞泉"及"双瀑赋"等摩崖石刻。人们坐在观瀑亭里，顿觉水雾弥漫，渗入衣体，体弱怕寒的就不敢久待了。

　　宋乐清状元王十朋曾作《双瀑赋》，其中有"飞泉汹涌，怒流湍激。喷烟雾于苍岚，吼龙蛇于大泽"句。历代文人学士来乐清，白鹤瀑和白鹤寺是必游之处，也留下不少诗篇。

　　白鹤寺坐落在丹霞山的怀抱里，离鹤瀑不到200米。东晋有个叫张廌（字子雁，号文君）的乐清人，隐居在丹霞山里修道炼丹。他家祖宅后面有茂林修竹，环境雅致，空气清新。相传王羲之曾慕名前去拜访，那张廌是个极有性格的人，又忙着炼丹，并不想见客，书圣上门拜访也不例外。为了避客，这张廌将正在炼得红火火的丹药一把掷入溪中，自己则一溜烟地躲进了竹林深处。

因为张薦倒药入溪，直到今天，鹤瀑下面的溪石上还金星闪烁，此溪故名"金溪"。张薦抚弄过的竹子，做成笙簧箫笛，吹奏起来乐音悠扬，堪比天籁。

东晋永和三年（公元 347 年），张薦将祖宅和田产全部卖掉，筹资兴建了白鹤禅寺。寺成之日，张薦骑鹿遁入竹林，从此再无踪影。就因为张薦的倾力作为，乐清才有这历史最悠久的与杭州灵隐、宁波天童寺齐名的白鹤古刹。

北宋时，白鹤禅寺高僧信南觐见仁宗皇帝，仁宗问他来自何

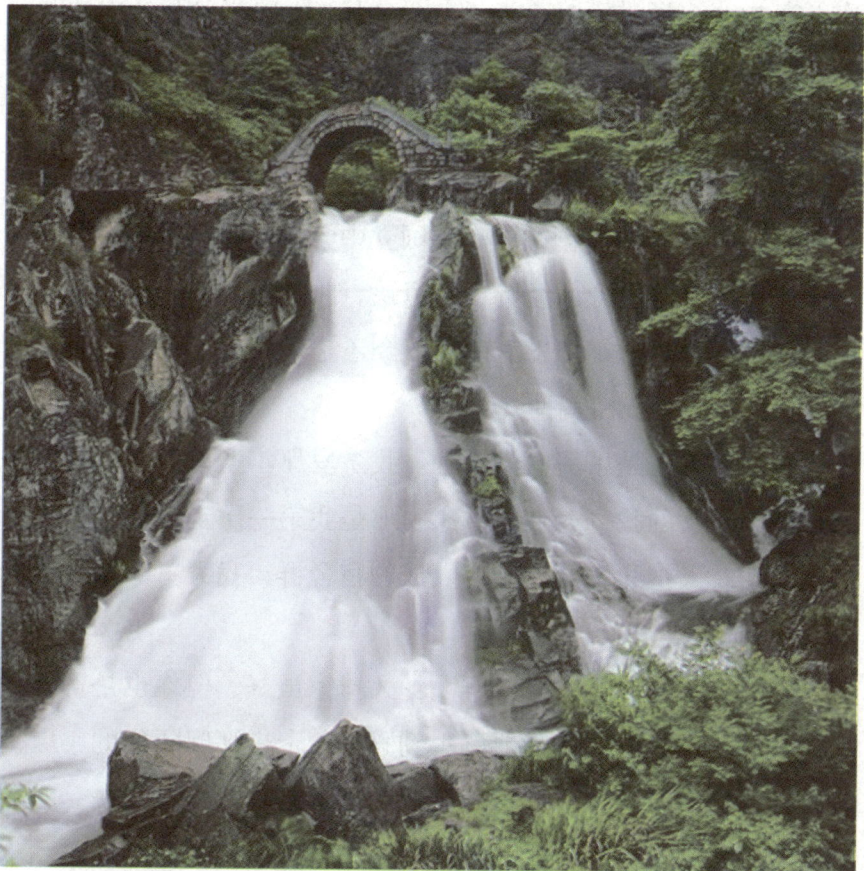

地，又是何人？信南回答："臣僧所居，乃王子晋吹箫之地，张文君入竹之乡。"

仁宗当即明白，说："是必温州之乐清僧也。"

宋人焦千之有诗作写乐清和白鹤禅寺："曾是文君宅，幽深锁翠岑。涧松迷白鹤，溪石隐黄金。丹灶今犹在，箫台尚可寻。予来不能厌，谁共听清音。"

白鹤寺是个庞大的建筑群，那高大的山门，黄墙黛瓦；各个殿宇，飞檐翘角。前殿、后殿、左右偏殿，还有许多我说不上来的殿宇，皆雕梁画栋，各类菩萨，宝相庄严。大雄宝殿面阔5间，通面宽18米，通进深14.2米，白石台基高1.10米，我读中学时，爱从那台阶上跳进天井里，跳得我双脚生痛。

寺后配有数十间方丈楼，供住持和有些名头的大和尚居住；还有几间非常宽大的二层僧房和客舍，可住数百僧众和男女香客。

1939年，乐清县创办第一所国立中学。当时正是抗战期间，烽火连天，哀鸿遍野，经费自然短缺。白鹤寺就被借用为校舍，而且一用就是数十年。乐清中学至今还是乐清市唯一的省级重点中学，这得归功于白鹤禅寺。

我的大舅曾是乐清中学教师。我7岁那年家里遭受变故，母亲把身为长女的我寄养在大舅家。那是我第一次走进这个宫殿般的古刹。有人把我引到由僧房隔成的宿舍群，我大舅家就在西边的第一间。

我想起临出门时母亲的叮嘱：大舅家虽好，但你也是寄人篱下，凡事要识相点，干活要勤手勤脚点。走进那间陌生的小屋，我眼窝热热的就想哭，怕舅舅舅妈看见不好，就转过身去，趴在大舅家的西窗，将脸向外。

那是秋天的枯水期，鹤瀑没了春天那种咆哮气势，倒像是温柔的游龙在婀娜轻舞，那声音像琴瑟在弹唱，我的心绪就好了点。晚饭后，舅妈催我早早睡觉，我关上西窗，水声越发小了。我上了舅妈替我准备好的一张小床，听着水流的催眠曲，一会儿就安然入睡了。

当年没有自来水，白鹤寺的用水很特别，全是用一劈两半、去掉竹节的毛竹爿一片一片相接，把山泉从一个墙洞里接龙过来。这水是大食堂用来烧水做饭的，饭堂外装一排小小的水龙头，方便我们洗碗筷。物件和衣裤脏了，都是拿到山门外的金溪里去洗。在舅舅家，我必须生活自理，自己的碗筷，自己的衣裤，全都拿到金溪里去洗。

金溪畔的阿姨和大姐姐们洗床单和被套的方式很奇怪。她们并不打肥皂，也不搓不捶，只是把床单被套平铺在浅浅的溪水下的卵石上，用两块大卵石压住上头，自己扭头就走了。我看着溪水从被单上潺潺流过，被单在水下活泼泼地弹跳着。个把时辰后主人回来，拿着冲洗得干干净净的被单拧干，再绑在溪桥的石栏杆上晾晒。

我没有她们的本事，我也买不起肥皂。我只是在金溪里找了块石头，那石头旁必定有个小小的水潭——大水潭我怕掉下去淹死。我把衣物在水潭里冲冲，拉上来在石头上揉搓，几个回合后我把衣衫挤干，带回校园，在别人拉起的绳子上随便晾晒。

一学期结束我回到家里，母亲翻看我的小包袱，欣喜地说："衬衣、毛巾洗得比我都洁净啊，你有长进了！"她不知道，那不是我有长进，那全是金溪水的功劳呢。

诡崖灵峰

子曰：仁者乐山，智者乐水。我认为，山是水的母亲，水是山的乳汁。

乐清有多少山、多少崖，数不清。光是一个北雁荡，那些奇峰异石就值得你数十次去观赏；整条雁荡山脉，你走百遍也看不尽那些七奇八怪的诡崖和洞穴。

徐霞客曾道："欲穷雁荡之胜，非飞仙不能。"此话不假。我等都是凡夫俗子，能领略雁荡之一二就不错了。

我这辈子去过七八次雁荡，每次的感觉都不一样，每次都有新的发现。

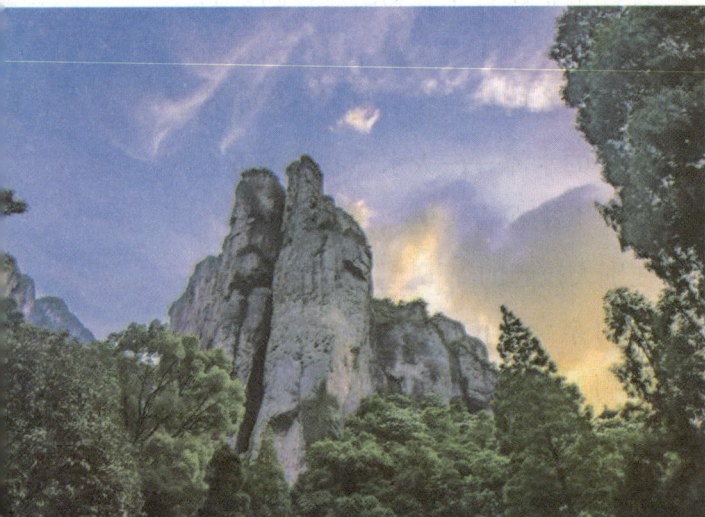

最近的一次是四年前的一个春日，那天，我们十多位亲朋好友相约着，驱车向雁荡奔去。刚到雁荡山的东大门口，一位自告奋勇的女子捷足而来，非常热情地要给我们导游。虽然我们对雁荡都比较熟悉，但盛情难却，也就同意了。

跨进东大门，遥遥地，我们就看到那个熟悉又陌生的灵峰景区了。

灵峰景区的总面积约 46 平方公里，是由许多高低错落、形态各异的崖体组成。乍一看，它们有的像猛虎出林，有的像双狮并行，还有的像少男少女在谈情说爱。

信步行去，最先引起人们注意的是两块拔地而起、相对壁立的悬崖，看起来一般高低、一般大小。我知道这就是景区最奇妙的灵峰双崖了，也记得它们的高度是 270 米。

踏着开阔的谷地，沿着一条叮咚作响的溪流前进。溪岸上，一株桃挨着一株柳，一直向前延伸。正是仲春时节，桃花争艳，柳条翠绿。走着走着，我发现灵峰双崖变了，变成猛地从地壳里伸出来的两只巨掌，黑黢黢的，合掌拜天。导游说，这时候灵峰崖，就叫合掌峰了。

我们沿着山脚向前逶迤了百十步，合掌峰不再合掌，而是变成两块挨得很近的、形状不同、高低也有差别的陡崖了，白云和山岚在它们身上缥缥缈缈，看起来带着仙气。再往前，又变了，这两块崖石仿佛是被缝纫鸟缝在一起的两片大树叶子，中间有个橄榄核状的缝隙，就像是缝纫鸟的窝。

逶逶迤迤地走，忽然，一个窄小而神秘的洞窟逼到我脸上来，其实它就是合掌峰的掌心空隙，也就是大名鼎鼎的观音洞。"观音洞到了！"导游和我们这帮人嚷嚷说。

洞口上端，有中国佛教协会会长、书法家赵朴初先生题写的"观音洞"三字，字体浑朴自然，静雅清和。洞里光线幽暗，梵音萦绕。

借着香烛的幽光，我们一行人沿着洞壁的石阶梯拾级而上。导游熟练地背诵道：观音洞高113米，宽40米，最深处达70米。

依洞而建的，是一幢考究的九层木楼。雕梁画栋，涂金描漆。各种形态的雕塑观音率领各种门类的菩萨对号入座，每一位都栩栩如生。

我们一边走一边数，终于走完了377级台阶，到达最高层的大殿。一尊最高大、最完美的观音菩萨端坐大殿中间，目光慈祥，宝相庄严。导游说此观音佛尊，是浙江美术学院师生的作品。

观音佛尊的两边，罗列着神态各异的，或者说各司其职的十八罗汉。我忽然冒出个想法：这十八罗汉够忙的，无论是如来

佛、释迦牟尼佛、观音菩萨，无论他们是多么的神力无边，也都离不开罗汉们的保驾护航，都少不了他们的配合工作……

　　这时候，导游嗓门忽然提高了几十分贝：看看！这里又新增三百个应真罗汉！

　　如果不是她的提醒，我们真的忽略过去了。顺着她的指向，我们环视着洞壁，洞壁上不知什么时候出现了拳头大的、黑黝黝的罗汉，他们或立或蹲，或蹴或舞，个个形象逼真，神态活现……

　　眼睛累了，我们闭目养神了一会儿，举头仰望，高高的洞顶上有一道裂罅，天光从罅中泻下，似乎是神赐的灵光。此缝就叫"一线天"。细细的水脉在洞顶蜿蜒，到不同的部位缓缓滴落，

下面就有了相对的三个泉眼，分别叫洗心泉、漱玉泉、一缕泉。泉水清澈活泼，任大家随便取饮。洞壁上有现代革命家、文学家邓拓留诗：

两峰合掌即仙乡，
九叠危楼洞里藏，
玉液一泓天一线，
此中莫问甚炎凉。

我们用长把竹勺舀了"玉液"，咕咚咕咚喝下，顿感清冽甘甜，沁人心脾。

从观音洞下来走到七层，导游将我引到七楼的栏杆左边，让我把左脸贴在左边的岩壁上，要我向外看去。借着洞外的光线，我看到一块悬空伸出的小石，只有食指般大，但那轮廓、那状态，活脱脱就是尊侧面的观音，只见她双手合十、闭目打坐在袅袅香雾中。导游说，这就是天成的一指观音！别看她那么纤小，世世代代的暴雨山洪、电闪雷鸣，她都岿然不动！然后又带我们走向栏杆的右面，我将右脸贴着右边的崖壁往前看，那里有一尊坐着的土地公公，同样惟妙惟肖。

从观音洞里出来，已经是暮色四合了。导游说，灵峰最绝的是夜景。

吃了晚饭，天完全黑了，我们迈进了景区管理处的大门。月光下，就看见了一只蹲伏的苍鹰，它的肩胛骨嶙峋地弓起，那鹰头、鹰眼和鹰嘴，生猛凶狠，仿佛马上要腾空而起扑向猎物。"这鹰也太像了！"大家感叹着，跟着导游继续往里面走百十步，只

见一堵孤墙立在前头。导游让我们都转过身来，背靠墙体，要紧紧地贴住。然后导游喊道：各位抬头，往上看！灵峰变成什么了？

天哪，我看见了一对乳房，哺乳期母亲的一对乳房！圆圆的，鼓鼓的，端端正正地悬在我们头上！乳头上有泉水一滴滴地滑落，我们张开了嘴巴，接住那天然的"乳汁"。

出了管理区的大门，应该是回去的路了，可没走几步，导游就带着我们插向一条小小的斜路，向下走那么十几步，再回过头来看那两块巨崖。怎么回事？灵峰竟然成了活脱脱的一对男女。他们相向而立，男的个头高高的，却低下头来，女的长发如瀑，她正踮起脚尖，让自己的香唇够上男的嘴巴，两人正在深情地接吻呢！

导游说，这时候的灵峰就叫夫妻峰了。这一男一女，千年万代都这么相依相拥，紧紧热吻，永不分离。

灵峰，你也太诡异了吧？"移步换景"四个字，在灵峰这个景点里得到了最生动的诠释。

雁荡观瀑

　　乐清因为多山，瀑布随处可见。你步行着，或坐在行驶的车上，一抬眼就能看到近边的小瀑和远处的大瀑。但名气最大的要数雁荡的大龙湫和中折瀑。

　　大龙湫出自雁荡山主峰百岗头。高 197 米，如果加上瀑下水潭的深度，应该是 200 米有余。它与贵州黄果树瀑布、黄河壶口瀑布、黑龙江吊水楼瀑布并称中国四大瀑布，而大龙湫独以其落差为 197 余米取胜，被称为中国瀑布之最。

　　我想，不管去哪里观瀑，都应该挑春日丰水期为佳。那时节，所有的山体、所有的崖壁，所有的树木花草，都被雨水浸淫着、饱和着，都迫不及待地要往外渗出支支水脉来。

　　我们一路行来，伴着我们脚步的，是溪水的潺潺喧哗，是桃李的妖娆芬芳。

　　走着走着，迎面就是一条高高的山岭。那时候这里还没有隧道，去大龙湫必须要翻越这条山岭。岭道窄而陡，从前骑马的游人得把马拴在岭脚树上，自己徒步上去，所以此岭就叫"下马岭"。

　　下马岭的岭脚有块大石头，颇像一只老鼠，它昂首向上，仿佛要冲上山去；而岭道上面，则有一块猫形巨石，仿佛要扑向山脚这只不知好歹的老鼠。导游说，这遥遥相对的两块岩石，就叫

"上山老鼠下山猫"。

下马岭总归是要给人下马威的。走了没多大会儿，我们已气喘吁吁了，额头渗汗了，有人就坐在路旁休息。也有年轻男孩们，脱掉了毛衣系在腰里，从我们身边嗖嗖地超越过去，脸上红扑扑的。道旁的石壁上，有人写着鼓舞斗志的话：天下无难事，只要肯登攀。

翻过了高高的下马岭，导游说距目的地还差两三里地。这时，我们就听到轰隆轰隆的声响，我以为是春雷滚滚呢，及至转了个弯看到了那壮丽的飞瀑，才明白原来是大龙湫在咆哮。

那天的大龙湫就像一位剽悍的骑士，驾驭着白马，扬着巨大而雪白的披风，从半空中奔突而出。忽而就化作一团团云雾，它们翻滚着、追逐着；落到半腰以下，就变作千万条粗粗的雨鞭，噼噼啪啪地直抽下面的潭水。我站在离水潭数十米远的一个墩上，飘荡的雨雾还把我的头发都濡湿了。

大龙湫如此壮观，水潭当然也相应地宽大。潭中浮着两条竹筏，年轻人争先恐后地上去了。我心里痒痒的，仗着能游泳也能使篙，也就上去了。我拿着竹篙，在潭水中一会儿划着，一会儿点着。我原本是要避开那发飙的飞流的，哪知一阵旋风，裹挟着我们的竹筏到了深瀑里边，瀑鞭当头袭来。女孩们在哇哇尖叫，我好像是被噎了一下，待缓过气来，发现衣服都湿透了，却感受到一种从未有过的畅快和刺激。

　　因为千万年的流水冲击，瀑崖的下端被击出一个大大的壁龛，三个男孩就弃了竹筏，跳进那个壁龛里。我也弃了竹筏，穿过瀑鞭的水帘，一脚跨进那个壁龛。我们早已淋得像落汤鸡，却张扬地笑着，手之舞之，足之蹈之，那模样活像水帘洞里的一阵水淋淋的猴子。

　　再说中折瀑。中折瀑紧靠马路，雁荡烈士陵园右侧。既然名为中折瀑，那肯定还有上折瀑和下折瀑，它们合称"三折瀑"。三折瀑位于净名坑东面的山上，是由一条长长的、任性的溪水串联而成的。那溪流曲里拐弯，而高向下，陆续越过三块巨大陡峭的悬崖，又从不同的方向跌落，成为三支瀑布。

　　上折瀑太高，一般人不想上去，而下折瀑的相貌稍逊，最合

适观赏的就是中折瀑。去中折瀑的石级不陡，且宽，我们只消当作清晨的锻炼，或当作黄昏的散步，悠悠闲闲地步行二十分钟就到，一点也不累。

我觉得中折瀑像个风姿绰约、娉娉婷婷的女人。山峦是她丰腴的肌体，水帘是她长长的秀发。随着山谷里的气流，那瀑水一会儿团成风鬟螺髻，一会儿又吹作薄雾轻烟，最后又变成维吾尔族姑娘的无数小辫子披垂下来。

圆圆的、碧波荡漾的水潭是中折瀑的裙摆，花岗岩砌成的矮墙是裙沿美丽的花边。斑斓的小鱼群，不时地游到这边游到那边，给裙子这一角或那一角绣上生动的图案。

听，她在弹琴呢，一忽儿做檐马叮当，一忽儿做铁骑奔涌，一会做大珠小珠跌落玉盘……

她是女人，她总是那么体贴，那么可人。冬日，朔风怒号，雨雪交加，你或许被冻僵了，你一旦投入她的怀抱，就会被她特有的温暖和温馨所拥抱，你会享受到慈母般的安全与呵护；夏天，当骄阳凌驾在你头上，当酷暑威逼得你眩晕发狂，你投入她的怀抱，那一份沁人心脾的凉意，那一份让你微微颤动的舒适，让你错觉到一双纤手在轻轻地抚摸。

旱也罢，涝也罢，她从不失态；你衣锦荣归，你失意落魄，她随缘随分地迎接你；你鞍马劳顿，吸一口她的芳香，便神清气爽；你病体缱绻，喝几口她甜醇的乳汁，便沉疴顿消。

她是一个模样秀丽、灵魂高贵的女人，一个能给你去掉浮躁、带来吉祥的女人。她千年不竭万年不枯，永远用深沉的慧眼看着世界；永远张开着双臂，拥抱着天底下幸运和不幸之人！

南戴河滑沙

那次从北戴河旅游回来，有人问我：你最喜欢北戴河的什么？我便响亮地回答：南戴河滑沙！

似乎答非所问。

去了趟北戴河，才知道还有个南戴河。南戴河旅游度假区东起戴河口，西至抚宁区与昌黎县交界处，海岸线长 17.5 公里。东北就穿过那条戴河，与避暑胜地北戴河海滨毗邻相望一桥相连。

从北戴河到南戴河，我们的车子走了个把小时。

南戴河被誉为"黄金海岸，碧海金沙"；可惜这次旅游安排南戴河的仅是滑沙一项，我们无缘领略其他万种风情了。

导游小姐介绍说：世界上只有两处有"滑沙"这种活动，一是非洲的纳米比亚，可那是当地人自娱自乐的；二是南戴河的苍黎县了，这儿的沙丘张开大大的怀抱，热情地欢迎普天之下的游客。

导游小姐一再介绍说滑沙如何惊险，如何刺激，她自己曾经如何地栽跟斗，说得人心里怕怕的，又痒痒的。

那张门票的背面也写着："高、低血压者，心脏病患者，孕妇、老人等不得参加，否则后果自负。"

我踌躇着，但鄙人平生喜欢体育活动，少年时代，田径、球类、体操，样样都沾点边；有一次在北京的密云水库，骑着马从

又高又陡的水库大坝上跑过去——是跑，不是走。老了老了，还执着地学会了游泳。今天好不容易来到了这世界罕见的大沙丘，不滑更何待？

可是我毕竟老了，体质也渐渐在日薄西山，有两次，还莫名其妙地昏厥过去。若是这一滑直接滑到马克思那儿，岂非荒唐？岂非遗憾？

举目四顾，沙的地，沙的路，沙的海岸，总之一个沙的世界，更有那一个个庞大的沙丘，相倚着，相挽着，连绵起伏成一脉脉的沙山，且棱角圆柔，曲线优美，像一个个睡美人。遥遥相对的两个最高的沙峰上，都已装了缆车，一张张载了游客的小缆椅在悠悠自得地缓缓滑行。

享受大自然和感受刺激的念头占了上风，滑！我决定了。大不了翻几个跟斗，反正都是沙，也伤不到筋骨去；即使身体经受不住考验，也是"本来昏厥已多多，再昏一次又如何！"况且同行颇多医生，出了事自然不乏高明的救死扶伤者。

于是跟着导游小姐进了沙场，来不及等小缆椅来接我们，我就开始在沙漠里进军。深一脚，浅一脚，一脚砸出个大大的沙窝窝。外边的沙地上在抬轿子玩，唢呐在热烈地吹奏着《纤夫的爱》，跟着那高亢的旋律我唱道："妹妹你坐船头，姐姐在沙上走！"待跋涉到沙丘顶上，已是上气不接下气，一颗心也快从喉咙口蹦出去了。

一张张小缆椅正从我们头顶越过，是滑向沙丘那边的人凯旋归来，每张缆椅侧面都挂了块滑板。工作人员摘下滑板，对着我们嚷嚷："快快！一人一块拿走！"不容分说，我提了块滑板就向沙丘的最高点走去。探头向下一望，我的妈呀，这么陡这么远哪！然而箭在弦上，不得不发。

我把滑板往两根楔子后一搁（若无楔子挡着，没等你上去那滑板就滑下去了），我一步跨进那刚好容纳一人坐姿的滑板，管理人员一踩机关，挡着的楔子钻下沙去，滑板带着我像离弦的箭往下射去，我睁大了眼睛，全身心地去拥抱、去捕捉各种感觉，我觉得是乘了滑翔机在山谷里滑翔，是坐着舴艋舟顺瀑布冲下，是仰泳时被巨大的海浪猛地拖走；那种陌生、新奇而又似曾相识的感觉让我喜悦无比，我举起手臂欢呼起来……

遗憾的是很快就滑到了地面。也许是余兴未消，滑板载着我在平整的沙地上继续滑行几十米，才恋恋不舍地停住。

回去可得是坐缆椅的。我们按顺序站在一块水泥板上，缆椅过来，转个弯，兜起我们的屁股就走。我们鱼贯着一串儿向原路返回，居高临下望去，许多游客正滑得热闹，一个个影子像流星般闪过。

其实滑沙并不难，看一些老人和小孩也都能胜任，只要克服那开始的恐惧就行；当然滑行的过程中要把握好平衡，这里边包含着一定的人生哲理和活动规律。我曾看见两个人栽了跟斗，人和滑板劳燕分飞，一个女士终于在离地面十来米的地方坐住，惊魂未定双眼直直地在发怔。

缆椅在悠悠然地走，心想，如果从缆椅上掉下去，又将是什么样的感觉？我甚至希望能坠落一次，只是千万别掉在水泥墩和钢筋铁架上，否则就乐极生悲了。

青岛冲浪

青岛，老人头海滩。海滩是金色的，海是蓝色的，真蓝啊，用不着形容。

这次活动是允许带家属的，所以"单身汉"的我就显得有点孤单。这一天的上午 8 点，我跟定了台州医院的王医师应医师夫妇和他们的霞小姐奔向这个沙滩。陆续来到的还有我们这个团的另外几家。抬眼望去，远远近近、星星点点都是五颜六色的泳装，男女老少或说或笑很是热闹。

大夫们租了几顶遮阳伞，伞下便成了我们暂时的天地。

没有人留恋安逸的伞荫，大家换上了泳衣，纷纷下海去了。

海滩坚实、平坦，踩着有安全感；海浪却威武、剽悍，一道道一层层像冲锋陷阵的战士，它们呼啸着、奔跑着席卷而来，近了，齐刷刷地扬起雪白的、旗帜般的浪花，做奋不顾身的一扑，然后珠溅玉碎地跌回海的怀抱，去感受大海母亲的沉重喘息。

头顶是八月的骄阳，水却有点凉，我们掬起一捧捧海水来预湿自己的身子，凉得直抽气，可是谁都不肯退缩。

从来不曾游过泳的女同胞们都很勇敢，她们在夫君的陪同下一步步向前探索，孩子们更是像嬉闹的海狸子，上蹿下跳欢呼雀跃。

　　我们在一个自己认定的合适的位置站定，一任海水在身边汹涌喧哗；极目渤海，一下子懂得了什么叫博大和无垠。

　　我正侧脸看人家戏水呢，一个巨浪猛地偷袭过来，像一只巨大无比的手重重地扇了我一耳光，右耳和右眼立即灌满了水，我抹了把脸，刚喘了口气，第二个浪头又不期而至，我一个趔趄，便一头扎下水去，扑腾几下挣扎了起来，吐出了半口又涩又咸的海水，另外半口却已经滑到了肚里。

　　不能老是这么被动，被动就要挨打。于是我试着面对海涛，练习徒手冲浪。浪头确实厉害，它们以排山倒海之势，逼过来，不是当胸拍你一把，拍得你皮肉生疼；就是把你没头没脑地压在水下，会游泳的我尚且要挨灌，没点水性就只有呛水的份儿了。

　　于是我们看准了时机，等那恶狠狠的白浪扑来之际，就奋力跃起，让自己的脑袋在刹那间露出水面，免受袭击之苦。可是浪

的冲力还是要让人踉跄。"作用力等于反作用力"，于是我们试着在跳起的同时，要加一点反冲力才能使自己的身体平衡。

这样，人和浪就形成了一种对峙的关系，我觉得那简直是一种相扑运动。相扑，想到这个词儿，我不禁哑然失笑。

而内行人是侧着身子冲浪的，侧着受力面积不大，阻力也就小，我们试了几下，好是好，却觉得不过瘾：又不是比赛什么的，何必要贪图轻松保持体力呢？

我又转了90度身子，让背对着海涛。背最笨了，没有反抗的能力，只有挨打的份儿，我们心甘情愿地经受着袭击，几次被打得趴到水里。

就这样，我们左冲右冲、前冲后冲，原来每种冲法的感受都不一样。我们一次次地高高跃起把恶浪踩在脚下，又一次次失重般落回水中。我忽然想起了苏东坡先生的"老夫聊发少年狂"，觉得恰似我当时的心境。大家也都兴奋异常，忘记了年龄，忘记了疲惫。从上午8时到正午12点，我们和海浪较量了整整四个钟头。

最后我想，能不能回避这种冲撞、搏斗？能不能和浪的关系处得友好一点？我面对着大海，凝望着那兵临城下、大军压境的排浪，调整自己的思维方式。

有了，我双手并拢举过头顶，把整个身子拉得直直的，迎着那气势磅礴的巨浪，我将脑袋一埋，像海豚那样从浪的"肚子里"钻了过去。

那感觉好极了。

塘栖情思

　　我常常想，古人为什么把田间的土路叫作"桑陌"，却没有叫"稻陌"或"粱陌"的？有个成语叫"沧海桑田"，为什么不叫"沧海粟田"或"沧海麦田"呢？

　　我认为，从前我国农村的支柱产业，应该是蚕桑。养了蚕，收了茧，就可以缫丝，可以织绢织锦。"昨日入城市，归来泪满巾。遍身罗绮者，不是养蚕人。"丝制品能卖钱，拿了钱，要缴税赋，要置办生活必需品。至于轻软柔滑的绫罗绸缎，蚕农们是无福享受的。

　　感谢好客的塘栖人，让来自五湖四海的一帮文化人聚集在一起。

　　我们走在通往塘北村的马路上，去参观一个国家级非遗文化项目——缫制土丝工艺。我的眼前浮现这么一幅景象：采桑女们挽筐携筥，步态轻盈地走在迤逦的桑陌上，朝阳把她们年轻的脸庞和婀娜的身姿，涂上一片金光……

　　塘栖的土丝生产，在清代前期就很鼎盛了。塘栖的土丝，是织锦缫丝的上好材料。赫赫有名的"湖丝"，便有相当一部分出自塘栖；享誉全球的南京贡缎云锦，首选的就是塘栖缫丝。

　　远远地，我们就听到缫车的声音了。苏东坡《浣溪沙》的妙

句扑面而来：簌簌衣巾落枣花，村南村北响缲车，牛衣古柳卖黄瓜……这里的"缲"，同"缫"，读音和词义都一样。

以前，塘栖几乎家家都置有缫车，户户都架着绢机。只待蚕熟茧成，缫汤就沸腾起来，缫车就咿咿呀呀地唱起来，机杼清脆的啪啪声，夜以继日地响个不停。

我们踏进塘北村，只见向阳的一排屋子里，几位农妇正在忙碌着。老式锅灶的灶洞里架着劈柴，炉火映红了添柴人的脸。

大铁锅敞开着，沸水活泼泼地跳动，鲜茧在汤锅里沉浮。袅袅的蒸气盈满屋子，让我们如置身云里雾里。一位慈眉善目的阿婆端坐在大灶旁，状如打坐观音。老人叫朱马大，少女时嫁到塘北村来，就迷上了缫丝技艺，孜孜不倦地干了六七十年，成了远近闻名的缫丝能手和非遗文化传承人。

老人用一把笊篱，捞起滚烫的茧子，双手便在茧子上捏捏弄弄。她的指头粗大而通红，她的脸色专注而安详。我想，她不怕烫吗？这耐热能力，这娴熟的技术，要多少毅力和时间才修炼到

家的?

只见她挑选圆白的蚕茧，捏着弄着就牵出一根丝头来，随手绕在对面缫丝机的轴头上。缫丝机是木质的，上面有个大大的圆绷。蚕茧的丝头从轴子绕上绷子，一个、两个、三个、无数个……一位少妇缓缓地摇着把子转动。游丝飘飘忽忽，若有若无。但被牵引着的茧子在锅里迅速翻动着，分明在慢慢变小，而绷子上的蚕丝却慢慢地增厚……

有人不断地往锅里添放新茧。我仔细看着，茧子的样子并不一样，有的丰满，有的羸弱，有的洁白晶莹，有的则暗沉发黄。

"……百沸缫汤雪涌波，缫车嘈嘈雨鸣蓑。桑姑盆手交相贺，绵茧无多丝茧多……范成大这首诗，就是写塘栖缫丝的。看来，那洁白剔透、丝缕清晰的，便是丝茧，可以缫出上好的蚕丝；那暗沉瘦黄的，缫出来的则是黄丝。

还有一种茧子，仿佛是不负责任的蚕子做的，颜色倒也无瑕，却纠缠不清理不出头绪。只见朱马大阿婆把这种茧子一个个掰开，淘洗干净了，弄成燕窝状，放在另一个盆子里。她说，这些燕窝状的茧子，就是做丝绵被子的上好材料了。

隔壁屋里的绢机在啪啪地响，吸引着我们过去。这种绢机的两边各有一条粗大无比的螳螂腿。随着机杼的节奏，绢布在悠悠地延长。对于缫车、绢机，连同织妇们手中两头尖尖的梭子和装在梭子里的纬球，我都有一种遥远的亲切感。在我的娘家，也有人养蚕，我们家也有这种螳螂腿的绢机。儿时的我喜欢瞎掺和，只要奶奶或姑姑一离开绢机，我就上去占据了那机上横凳，无奈我那时的双腿太短，根本够不着下面的踏杆，于是我就站着踩动踏杆，然后左一梭子右一梭子地瞎织起来，我的水平实在太烂，那梭子不是拱到经面上来，就是啪的一声掉到了地上，织出来的绢也疏密不匀，疙疙瘩瘩，引来大人们一顿臭骂。她们就一齐轰我："去去，给我们绕纬球去！"

我快快地下了绢机，去折了些三四寸长的麦秸，在麦秸中间扭了个"鼻子"，把丝头绕在"鼻子"上，然后我上上下下、左左右右，龙飞凤舞地绕着，不到十分钟，一个松紧合度的纬球就大功告成了。

望着塘栖女人娴熟的织绢动作，望着正在延长的绢面，我的心里痒痒的。织女看出了我的心思，她站离了绢机，体贴地对我说，你来试试？

于是我坐上了那窄窄的织凳，手脚并用，齐动起来。我的织绢技术并没有比儿时进步多少，那梭子还不时要拱上经面，不时要掉到地上。宽厚的塘栖人只是微笑着，却绝对不给我这个蠢笨的外来客人眼色看。

告别塘北村时，村民们抱来许多丝绵被子。再也没有比塘栖的丝绵更正宗、更环保的了，价格却只有市面上的三分之一。文友们争先恐后地买了许多。我想，我们不仅仅需要冬天的御寒，我们更需要把塘栖人的缕缕情丝、绵绵情怀带回家去，恒久收藏。

瓯江换粮

那个青黄不接的春天，18岁的我辍学回家。妈正在坐月子，给我添了最小的妹妹。

我撩开帐子，在床沿坐了下来，看看这个来得不是时候的小妹，她长得真俊，却瘦得像小老鼠一样。

"没有奶水。"妈说。可我记得，妈生上头几个弟妹时，奶水很足，胀疼得无法，就让我去抱邻家的孩子来吃。

我一阵酸楚，泪水掉到小妹粉嫩的脸上。

"你是老大，老大……"妈说。

是的，我是老大，我得帮助父母操点心了，这九口之家！我擦干眼泪，站了起来，感到心里和肩上的压力。

村里有人从瓯江上游的丽水山旮旯里弄来些救命的番薯丝，大家都眼热得不得了。我的女友小琳约我也去试试，我马上就同意了。

爸到亲戚家借钱，可那时节谁家还有闲钱？奔波了几天，还是一个渔民朋友豪爽，借给我家一麻袋咸鱼干，说山里人最喜欢这个，拿它准能换到番薯丝。我像小贩一般背起麻袋，和小琳踏上去丽水的路。

从我家到丽水有350里。正是阳春三月，如果有闲情逸致，坐上舒适的客车，沿着瓯江两岸逶迤的公路，闻着那参天古木的清香，渡水复渡水，看花还看花，确是件赏心乐事。而那时的我们既没有心思也没有闲钱，为了节约几个车费，宁愿把一天的路程改为三四天的水程，让那些载货的舴艋舟捎客，只需车票的零头就够了。

舴艋舟的形状，颇像一枚纵向剖开的，又放大了无数倍的橄榄核。它两头尖尖肚子宽大，船的长度大约两丈。最宽的中舱有五尺。

瓯江是美的，美得叫饿着肚子的人也觉出它的美来。那两岸矗立、俯视着江水的山，绿得滴翠，青得发黛；一团团变幻莫测的云雾，像神秘的仙女在山间徘徊；江水清澈得可以望见水底卵石的花纹，使你情不自禁地要伸手撩撩；江边金色的沙滩，柔软得像刚刚磨下的湿苞米粉；而那空气，清新鲜润得让人微微发颤……

舴艋舟基本上是由一人驾驶的。驾驭的方法有三：一是"划"，

水流比较平稳、比较深的地方，一把长长的桨斜着划；二是
"撑"，遇到较浅较窄的河道，长桨打不过来了，就用竹篙撑，
强制着船儿顺着弯弯曲曲的溪流前进；三就是"背滩"了，所谓
"滩"，其实就是一个个宽而较短的瀑布。逆水上瀑布，艄公只
得下水了，他拿起一根硬木"背担"，一头往船头眼子里一插，
另一头扛在肩上，他屈着腿，弯着腰，就那么半背半拖着船上
滩。"擦碌碌，擦碌碌，"船底和崖石摩擦的声音让人心痛。激流
在艄公静脉曲张的腿肚子上打着漩儿哗哗流过。这情这景，让我
想起了清·黄景仁的《新安滩》：

> 一滩复一滩，
> 一滩高十丈。
> 三百六十滩，
> 新安在天上。

而我们沿着瓯江上溯，情形是一模一样的。

如果是特别重的货船，或遇上特别陡峭的"滩"，一个艄公
对付不了，几个同向行舟的艄公会赶过来，他们互相帮助，合力
背滩。那场面很壮观也很感人。

舴艋舟上都有红泥小缸灶。我们都带着粗粮，用艄公的锅做
着吃。夜晚，我们就睡在中舱。五尺宽的船舱，双脚稍微缩一点，
就能睡得不错了。

就这么走了三天半之后，我和小琳背着咸鱼干，在丽水一个
叫腊口的地方上了岸。

打听了一下，近江边的村庄已经没有富余的番薯丝了，我们

便向深山冷岙挺进。走了一村又一寨，人迹罕至的曲径野路上，遮天蔽日的翠竹苍松下，都留下了我们的足迹。转悠了三四天，我们拿着咸鱼干，这家二斤，那家三斤地换到了127斤番薯丝，心里就有了踏实的喜悦。

小琳前几年害过一场严重的肺结核，重活是从来不敢沾的，所以这些番薯丝就必须由我独自挑向江边渡口。30里的羊肠小道，一百二十多斤的担子，还要涉过几条大小不一的小溪，对于一个18岁的女学生，的确不轻松。那几天我正好又身上不爽。我死活不顾地一次次脱鞋渡水，卵石一踩一滑，有一次差点扑倒在水里，溪水冰凉瘆人，一直凉到我肚子里去。

终于到达了腊口江边，招手拦了条顺路的舴艋舟。

回家是顺流而下的，和逆水行舟比，简直是太轻松了。一般情况下，艄公只须在船尾坐着，拿桨在船尾一搁，当舵使。舴艋舟就像离弦的箭飞流而下。途经那些短瀑布，就是"下滩"，舴艋舟不管不顾地一头扎了下去，仿佛就要扎到下面的深渊里去了，击起的水幕泼了我们满头满脑，遮盖了我们的视线，我们吓得大呼小叫，然舴艋舟马上就平衡过来。这情景很惊险，很刺激，以至于我多少年后还有"梦觉还心寒"的感觉。

快近青田县城时，水势趋向平稳。吃了顿热乎乎的番薯丝饭，我们一高兴，就唱起那著名的越剧段子来："溪水清清溪水长，溪水两岸好呀么好风光……"没等我们"姐姐呀妹妹呀"的唱个痛快，就见左岸码头上在闹闹嚷嚷，正不知怎么回事，却听得一声断喝，几个壮年男子气势汹汹人指着我们喊：

"靠过来，靠船过来！"

艄公并没有问为什么，乖乖地将船靠了岸。我们正纳闷呢，

跳上来一帮如狼似虎的稽查队员（暂这么称呼，正确的叫法我不清楚），他们将艄公的劈柴翻了个底朝天，从中拖出几根细细的木料来。艄公苦苦地哀求着，说家里的床脚断了，这木料是修床脚用的。那帮人根本不理，拿起就走。另外两个大汉进得舱来，发现了我们的两袋番薯丝，骂了声：

"好啊，投机倒把！"一人拎了一个袋子，迈着大得吓人的步子，走进了岸边的一座吊脚楼。

我的脑袋嗡的一声就大了，手脚冰凉。小琳到底比我长几岁，她定了定神，说：我们不能这么待着啊，走，下去看看。

我们上得岸来，只见那吊脚楼里人来人往，嘈杂非常；呵斥声、求饶声、啼哭声，不绝于耳。我们循着那提了我们番薯丝去的主儿，忍气吞声地问：同志，我们的番薯丝……？

"没收！"一个脸上长满疙瘩痘的回答。

我双腿一下子就软了，软得无根无底。小琳比我坚强，她紧跟着稽查队员们说说叨叨，疙瘩豆走到哪里她就跟到哪里。

"去去——投机倒把分子，不抓你们坐牢就算是客气的了。"原本还以为罚款了事，这下可好，连锅端！我的心急剧地下坠，坠进了瓯江的万丈深潭。这事关系到我们全家的生死存亡啊。我们强打起精神，违心地将好话说了一大箩，可这些稽查队员早就练就一副铁石心肠，根本不为所动。

"你们看看，我们像投机倒把的吗？"纤弱的小琳忽然柳眉倒竖，尖着嗓子嚷嚷起来。

"我们像投机倒把的吗？"我鹦鹉学舌般地跟着喊道。

"我们是学生，学生！你们睁开眼睛仔细看看！"小琳指着我的学生装继续叫喊。

"我们是学生，学生！"我拉了拉嫌短的衣襟下摆，像抓住根救命稻草。

"家里人都快饿死了。"小琳说着，那声音已经带了哭腔。

弟妹们饿得发绿的眼睛，母亲干瘪的乳房，父亲四处告贷的苦脸，都在我的眼前旋转。绝望淹没了矜持和体面，我哇的一声哭了起来，我哭得汹涌澎湃，泪水滂沱，哭得都换不过气儿来了。

也许是良知未泯，也许是我们的形象实在和"投机倒把分子"相去甚远，那个疙瘩豆沉默了一会儿，忽然挥了挥手说：别哭了，拿上你们的番薯丝走吧！

我怔了怔，没想到事情一下子有了转机，然后慌张地拖了一袋番薯丝就走，连少气薄力的小琳也奋力拖了一袋，生怕夜长梦多。

舴艋舟又上路了，我和小琳对望了一眼，几分伤感，几分庆幸。抬眼望去，瓯江青山绿水依旧，只是我们再也没有心思唱"溪水清清溪水长，溪水两岸好呀么好风光"了。

楠溪江之恋

　　在一次楠溪江的文学采风活动中，汪曾祺曾动情地说过：我可以负责地向全世界宣告：楠溪江是很美的！

　　楠溪江古名瓯水，她发源于永嘉、仙居交接地黄里坑，在括苍山、雁荡山脉间兜兜转转，流经永嘉中心腹地，最后扑进了瓯江怀抱。

　　楠溪江以"岩奇、水美、瀑多、林秀和神秘的古村落"而闻名。

　　楠溪江对我来说，除了上述之美，还有着一种特殊的情愫。

　　抗战期间，为了不耽误温州学子的学业，一批从北京、上海等沦陷区回老家的温州籍教授，在楠溪江双溪交汇处的渠口乡，创建了抗日的"济时中学"，我的外公有幸被聘为济时中学的教师之一。

　　1944 年 9 月 9 日，

日寇的铁蹄踏破了我的家乡。百姓们纷纷向山里逃难。主干道都已被封锁。40岁的外公正要去济时中学任教，就带着双脚残疾的外婆和我的六位舅舅，还有我爸我妈，向永嘉山里避难。因担心人多目标大，外婆和已有八个半月孕肚的我妈和年纪尚小的舅舅们坐小船从水路向北，而年轻力壮的则徒步东去虹桥，然后翻山越岭长途跋涉三天之后，才平安地到达渠口会合。

济时中学向渠口一家财主租下了一座庞大的四合院，供教授和他们的家眷居住。到渠口没几天，我就呱呱坠地了。我的婴幼儿三年，是在一大帮知识分子的疼惜和关爱中度过的。这段时间我出了多少糗、闯了多少祸我毫无记忆，但在之后的成长过程中，长辈们当作笑话的一次次描述，却永远刻录在我的心头。

因为怀念和思恋，成年后的我一有机会就跑楠溪江。有一次，父亲还特地陪同我，去拜访了当年那位叫叶会通的房东，原来他并不是什么老地主，而是一位斯斯文文、和我父亲同年的好好先生。

竹筏载着我们在楠溪江里游弋，江水清明如镜。两岸的青山在波光粼粼中，在水鸟潇洒的舞姿中，像宽银幕电影的镜头般拉过。我们情不自禁地呼吸着格外新鲜的空气，洗洗自己被尘嚣污染的肺。"水澈而山清，云洁而心静"，这句子伴着小小竹筏，在我心里起起伏伏。

朋友带我们来到了一个叫"石桅岩"的景点。所谓的石桅岩，就是从楠溪江的江心里，拔地而起的一根粗壮石柱，它高达306米，素有"浙南天柱"之誉。

石桅岩脚下是"造型"唯美的沙渚，沙渚上是密密的植被，朋友遥指着说，这是水杉，那是水柏，左边还有水杨梅……

正是春夏之交，沙渚上树木青绿，生机勃勃，大片大片的林子显得苍翠，非常养眼。整个江渚看起来像一条绿色的航船，那石桅岩就是航船在扬帆。艳阳高照，把原本橙黄的岩体映得赭红，绚烂极了。

竹排缓缓地转悠着，带着我们从不同的角度去观赏石桅岩。瞧，岩的形态变了，特别是它的顶端，竟出现了一对含苞欲放的并蒂莲，那饱满，那水灵，对着苍天丽日，绽开了笑靥和吉祥。

更有几脉清流，在石桅岩柱上蜿蜒，然后滑落，仿佛是天赐甘霖，让人心旷神怡。

桅岩下，近年新修了一道考究的石丁步道，它像一条富丽堂皇的项链，一直伸向远方的密林之中。

我们弃了竹筏，跳到了石丁步上，像孩童般兴奋地欢呼雀跃，江面上全是我们嬉笑的回音。我们在这长长的石丁步上轻快地走着，转了一个弯，看到一条漂亮而整洁的曲径，逶迤着向石桅岩高处延伸……

另一个让我们流连忘返的，是狮子岩景区。这里的楠溪江水非常辽阔，朋友说这宽度有 350 米。看起来不像江面，简直如同一个大湖。

广袤的江水中，突兀着大小不一的几块岩礁，礁下伸出长长的、洁净无比的沙滩。最大的那块岩礁，表形峥嵘，岩体嶙峋，颇像一头威武的狮子，这就是大名鼎鼎的狮子岩了。

狮子岩的近边，有个馒头般的小屿，上面灌木丛生，野花盛开，红的、白的、粉的，五彩缤纷，把整个"馒头"打扮得像一个绣球。此屿名曰"狮子球屿"。江风吹来，树枝婀娜，花枝招展，

整个小屿宛如狮球滚动，仿佛在挑逗着狮子过来抢玩。

蓝天、碧水、绿树、金沙，再加上这些岩礁，整个狮子岩景区，像极了一个天然的大盆景。

天气晴好的日子，我们站在岸上远眺，那狮子雄踞傲视，英姿勃发；如遇风雨，山洪暴涨，大水奔涌，淹没了江中一切，只露出那"狮盆大口"，迎着狂飙巨浪，无畏地吞吞吐吐，仿佛在高吼：天下舍我其谁！

楠溪江两岸峰峦叠嶂，古树参天。江畔芦苇蓬勃，沙禽出没。每每到了秋天，山上的枫树、水杉、槭树，红得如火如荼；柿子、板栗、松果、山楂，全都成熟了，楠溪江的秋天是个五彩缤纷、野果飘香的世界，成熟果实像许许多多的小精灵，活泼泼地奔下山来，奋不顾身地跳入楠溪，给江里的鱼虾提供了良好的生存环境。秋天的江鱼格外肥美。我们在江边漫步时，常有水鸟从天而降，一头扎进水里，瞬间就叼出一条肥美的鱼儿来！

所以，狮子岩景区还是个富饶的渔场。那次我们去时，发现远远近近的水域里，漂浮着许多轻盈的小竹筏，筏上晃悠着几只浑身乌黑的鸬鹚。渔人身穿蓑衣，头戴箬笠，手持一根细长的竹竿，一挥一挥地，驱赶着鸬鹚下水捕鱼。那情那景，再加上绝美的楠溪江背景，竟是仙境一般！

亲爱的楠溪江，何日更重游？

第二单元

舌尖之忆

鸡山虾仔糇

"糇"这个字不多见，更不常用。看它"长相"，左边站着个"米"，右边挨着个"侯"，应该是有些来历的。问一下度娘，得知"糇"读hóu，是一种干粮。

我第一次看见"鸡山虾仔糇"字样，是我们市委宣传部要我们采写的那本《食美台州》的菜单上。虾仔糇这名儿太陌生，我这个资深吃货竟对它毫无感知，甚觉惭愧。于是就发动了所有的朋友和亲戚，不耻下问又不断上问，结果还是一无所获。

那就老老实实地做功课吧，我先从"鸡山"下手。鸡山是我们玉环属下的一个乡，一个海岛。它位于漩门湾外，在坎门街道东边7公里的海上。鸡山以前是海防前哨，披山解放时，鸡山还屯着国民党的兵呢，至今岛上还可以找到一些残留的军事遗迹。

所谓"靠山吃山，靠海吃海"，岛上的居民祖祖辈辈都以海洋捕捞为生。

鸡山以出产虾米闻名遐迩。岛上有200余人，长年在兢兢业业地从事虾米加工业。从前没有冷藏设备，他们捕捉的鲜鱼活蟹除了部分运到城里鲜卖之外，而大多的只能晒干或腌制，然后销往外地。

我找到一位在玉环工作了10年的女友，问：你知道"鸡山虾仔粿"长啥样吗？味道如何？她答："我没听说过什么是虾仔粿，但是我可以帮你去打听。"一会儿，她回电话来了：原来"虾仔粿"在玉环本地叫"海那搞"，而且多年前，她还在鸡山的老陈家里吃过一次"海那搞"呢。

我越听越糊涂了，虾仔粿怎么又成了"海那搞"了？这都是哪儿跟哪儿啊？我这位女友是仙居人，她也搞不清为什么一种食品拥有两个相去甚远的名字。于是我又电话给一位土生土长的玉环文友。这位文友告诉我说，玉环的坎门、鸡山一带说闽南话，他们把"虾仔"念成"hǎinà"，把"羹"念成"gǎo"，连起来可不是"海那搞"！虾仔粿在玉环并不是干粮，而是一种一块块带汤带水的虾仔羹！

现在再说虾仔。所谓虾仔，就是那些永远也长不大的鲜活小虾；它们很小，比大拇指指甲剪下来的那么一弯也大不了多少。渔民们起了网，把大鱼大蟹收了，网底深处往往都留有一大把粉

红色的虾仔，把它们收集到一个桶里，颇像一桶粉红色的米饭，因此这些小虾又被人叫作"虾饭"。这"虾饭"又糯又鲜，就是虾仔糇——海那搞的基础食材。

海那搞可以在渔船上现搞现吃，也可以把虾饭带回家里优哉游哉地做着吃。多余的"鲜虾饭"拿到菜场里卖。记得我小时候，虾饭只卖二三分钱一斤，后来涨到了二三角一斤。今天小弟在朋友圈里津津有味地晒虾饭炒腌菜。我问虾饭价钱，他说 15 块一斤了。和别的海鲜比，还是实惠的，而且它们还有满满的蛋白质和钙，谁吃谁得益。

我对我女朋友说，我们要去鸡山品尝海那搞！我的女友就打电话联系了当年给她做海那搞的老陈，然后我们一帮大小吃货，驾了两辆车，浩浩荡荡地奔"鸡山海那搞"而去。到了玉环才知道，老陈先生已不住鸡山岛了，而迁徙到漩门湾内的一座山上居住。我们泊了车，沿着那又陡又小的沙石小路蜿蜒而上，大约走了 20 分钟，就到了他家。

陈太太早已备好食材，准备为我们演示制作虾仔糇了。

只见她将一米箩的粉色小虾拣去杂物，淘洗干净，倒进一个脸盆，然后将一把芹菜茎切成丁，撒在虾饭上，接着再往脸盆里加上葱花、姜末、盐、黄酒。搅了搅，腌制了十多分钟后，又往脸盆里倒入番薯粉，兑上热水继续搅拌。陈太太特别声明说，水必须是烧开的，滚烫烫的，凉了可不行。加水量一定要把握好，多了，这一盆东西会变成流质，做不成海那搞；水少了，做成的海那搞则太硬，影响口味。

搅拌均匀之后，我看那脸盆里的食材呈半生半熟状态。陈太太又将一大铁锅的水烧开了，然后她将搅拌好的黏糊状物，用筷子一块一块夹入水中，它们挣扎着，但还是迅速地沉入了锅底。待所有的黏糊块都夹进了锅里，陈太太就盖上锅盖，再加大火烧起。不多会儿，我们就听到了滚水的声音。陈太太揭开了锅，蒸气弥漫之中，成型的海那搞全都浮了上来，它们长相随意，不守规则也不成方圆，但虾仔红如宝石，芹菜绿似翡翠，姜末点缀出碎金，一锅子的虾仔糇似美丽的水鸟起起伏伏，活泼腾挪，煞是好看。

陈太太给我们一人盛了一碗，再在每碗上面撒上一小把早已碾碎的花生米。我们夹起滚烫的、香气扑鼻的海那搞送到嘴里，虾仔的鲜美，芹菜的清香，番薯粉的筋道，花生碎的香脆，让人口舌生津，齿颊留香，于是也不顾什么吃相不雅，一个个大快朵颐！

我忽然想起，这明明是虾仔羹，"糇"字又从何说起？一女友说，你看它们的样子，像不像一群活泼乱窜的小猴子？既然是食品，把"猴"字的反犬旁换成"米"，叫它虾仔糇不是合情合理吗？

我会心地一笑。

头水鳓鱼满间香

台州有句俗语：黄鲫鳞，箸恁长，头水鳓鱼满间香。

大多数鱼儿的肚皮是圆软的，无刺，人们都喜欢吃，尤其是孩子们。可鳓鱼的形体如刀，尖利的鱼刺纵横交错成的肚子，恰如刚刚磨过的刀锋，所以鳓鱼又被人们称为"刀鱼"或"刀鳓"。

刀鳓又名鲙鱼，白鳞鱼。它们生活在近海暖水里。台州有"三鲳四鳓"之说，因为三四月份是鱼们谈情说爱、繁衍后代的季节，此时的鱼类最为肥美，营养价值也极高。

可是鳓鱼浑身是刺，特别是那些微型"三叉戟"，一不小心就卡在你喉咙里。这时候你大口吞咽米饭或馒头没用，因为你越吞咽，那些倒刺会越扎越深。所以，鳓鱼肉的鲜美和"三叉戟"的阴险，形成一对鲜明的矛盾。

台州很多地方至今仍保留着自酿美酒的习惯。用粮食自家酿酒，当然不加添加剂，安全而养生；还有那成本，比市面上出售同样质量的酒，便宜数倍。所以许多家庭一直乐此不疲。

每年春节前夕，总有人会抱着一坛黄酒，送到我家来；上个月一位天台文友，还给我提来一大壶自酿的据说是55度的白酒！

记得我小时候，母亲也喜欢家酿米酒。详细的程序我不甚了了，记忆颇深的是其中一道工序——晾晒炊饭。母亲在院子里铺开一张20平方米的大竹簟，把炊熟的糯米饭倒在簟子上。

　　母亲给我第一个任务是：严格管住鸡们，不让它们偷吃更不能让它们踏进簟子糟蹋炊饭。另外，让我把成块的饭团弄散，要完全散开不得粘连。好在这炊饭比平时我们吃的干多了，弄散并不困难。我先把自己的小脚洗得干干净净，妈又在我头上扣一顶尖箬笠帽，然后递给我一根带着竹梢的细竹竿子。我这副打扮，很像一个赶麻雀的稻草人。

　　我光着脚丫挥着竹梢在竹簟里跳来跳去，喷香的炊饭让我馋涎欲滴。我挑了一个饭团吃了，没过瘾，又吃了第二团，直撑得小肚子鼓鼓的……

　　出酒之后，会留下许多酒糟。酒糟颜色鲜红，香气扑鼻。挖一点蒸蒸，可以下饭，但味道不算太好，一般也就拿去喂猪了。

　　成人后我嫁为人妻并怀上第一个儿子，那年春天的刀鲚也凑热闹似的格外旺发，价钱也很便宜。我的妊娠反应非常剧烈，吃什么吐什么，肚子总是空空的。折腾了个把月我就瘦了20斤，我衰弱得连一句话都不能说到底。当时我想破了脑袋，这天底下还有什么东西是我吃下去不吐的？

　　"酒糟鲚鱼！"突然，这四个字就跳了出来。于是我妈就来到我家，帮我买下十斤鲚鱼，切成三指宽的一截截，拿盐腌了，装进坛子里；再向邻居讨来一大堆酒糟，压在鱼块上面，然后用棕箬包住坛口，再用泥巴封死，让刀鲚在密不透风的坛里酝酿发酵。

　　妈回家后的第十天，我开启泥封，坛里扑面而出的特殊味道，让我一个战栗。我迫不及待地拿

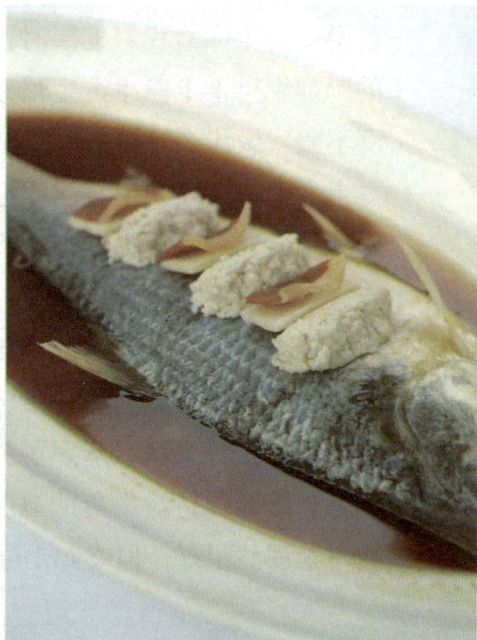

两截在锅里蒸了，那浓烈的香味勾得我妯娌们、侄儿侄女们都围过来了，他们艳羡地说：真真是头水鳜鱼满间香啊！

经过酒糟发酵的鳜鱼，鱼肉深红，夹一口尝尝，又酥又醇。最可喜的是，三叉戟状的刺儿已软化了，鱼脊骨都一节节脱开了，渗出些红油来。从那天起，我顿顿都用酒糟鳜鱼下饭，食欲大增，掉了的20斤肉很快就长回来了。

吃鳜鱼本来就不用去鳞的，酒糟鳜鱼的鳞会自动脱落。讲究的人家，会把掉下来的鱼鳞用丝线穿好，放在鱼块旁一起蒸熟。这鱼鳞很油很香，营养还很十分丰富呢。

那一天，我公公给我讲了这么个故事：有家人砌盖新屋，为了让师傅们更尽心尽力，主人总会热情地款待大师傅，每当上酒糟鳜鱼时，主人就亲自把鱼刺剔得干干净净，留下净肉敬客。大师傅不知主人的良苦用心，暗想，什么破鱼儿，烂得都没形儿了。从前砌屋要在夹墙上头面放一把酒壶，壶嘴儿朝里，象征着财源广进。可这师傅因为心里有气，就特地把壶嘴儿朝外了。

几年后，这大师傅路过这座房子，被房主人看见就拉着他诉苦说：当年你给我家砌屋时，我尽心尽意地款待你，连酒糟鳜鱼的刺都剔得干干净净，生怕卡着你。可我们家自从住了新屋，诸事不顺，做什么亏什么……

大师傅这才知道自己误会了，就拿了把梯子上了围墙，卸下一块墙砖，伸手进去，把酒壶嘴儿掉转180度，向里了。从此这主人家就万事顺遂了。

现在很少有人能像我当年那样亲自做一坛酒糟鳜鱼了。饭店里，只将一条刀鳜轻腌一下，装在椭圆形的盘子里，上面铺上少许酒糟和几片火腿，蒸熟了就上桌，盘的底座中点着三根短短的红烛，既能保持盘中鱼的温度，又让人有了一种温馨的美感。大厨手艺固然很好，但终归是吃不出我自己糟腌的那种味道了。

鲜甜带鱼饭

把海鲜的美味叫作"鲜甜"，这好像是台州人的创举。我小区南门外那条街上，有间新开的排档就叫"鲜甜"。

我不知道亲们有没有这个体验，许多菜料和大米一起煮，要比同样的菜料和同样的大米分别做了配着吃要鲜美许多，比如腊肉饭、香肠饭、乌贼饭、带鱼饭、鳗鲞饭、蛋酒饭，等等。可能是大米的淀粉和鱼肉一合成，会出现一种特殊的酶，使这种饭就变得格外"鲜甜"。

初中毕业那年我才15岁。因为没能上高中，秋季开学时，当小学老师的母亲就"逼"我去离家十多里外的黄滨小学代课。黄滨小学并不小，每个年级都有三四个平行班，有1000多名学生呢。

　　因为我的稚嫩，学生大多不看好我，有个叫小飞的男孩还专门在课堂上捣乱，弄得我伤心泄气，回家就跟妈说我不代课了。妈严肃地说：半途而废是不行的，往后不管做什么，都要善始善终。接着又介绍经验说，多去家访，了解这孩子的家庭状况，能帮他什么就帮一点。但千万别只想着向他家长告状，你一告状，这学生就越发与你作对了。

　　于是我去了几次小飞家。知道小飞的妈早没了，父亲忙着在外面干活，家里乱糟糟的。课余时间，小飞还为生产队放一条牛犊。我就帮他打扫屋子，洗衣服。

　　有一天小牛犊走丢了，我还帮他山上山下的一起找。小飞什么话都没说，但渐渐地，他再也不在课堂上捣乱了。

　　一个黄昏，我走在家访回校的路上，遇一挑着鱼筐行色匆匆的鱼贩子。他把脸凑到我跟前，问，最后一条带鱼便宜卖给你要吗？暮色中，我看到那条比我拇指宽不了多少的带鱼，对我亮闪闪地发出了诱惑。我忽然想起下午忘了去食堂蒸饭，晚饭还没着落呢！于是我买下这条小带鱼，拎到校门口的河埠，用指甲划开它的肚子，挖去肠胃，洗净后拿回寝室，盘在我唯一的炊具——一个可以蒸半斤米饭的长方形铝制饭盒里。我向对门的老师家属要了一撮盐，放在这条带鱼上，然后淘好米，把米一小撮一小撮地放在卷曲成 S 形的鱼身间隙里，加水……

　　可是我怎么能把这饭盒里的东西弄熟呢？

　　黄滨小学的部分老师住在学校隔壁的黄姓祠堂里。祠堂挺大，有正大堂，后堂，还有东西厢房和东楼西楼；就连台门上也横着间宽敞的台门楼，我们的校长就住在这台门楼上。东楼被隔成前后两间，住着两位老师和他们的家属。西楼没有隔开，因为

　　西楼北边的楼板已烂得摇摇欲坠，我和比我大两岁的吕姓代课老师的两张板床就铺在比较结实的南窗下。我们一走路，北面的楼板就欢欣鼓舞地乱跳。这里原来供奉着密密麻麻的黄氏祖宗牌位，年年岁岁，烛泪和香灰胶成了一个特别细腻的小山坡。我和吕老师费了九牛二虎之力，铲了十多箩筐，都没能让那破损的地板露出真容来。

　　为了对付这条微型带鱼，我准备在牌位的遗址上搭个微型小灶。我下了楼，去操场上捡了六块砖头，三块平铺着垫底，另三块呈门字形侧立。我把饭盒搁在门字形的砖头上面。再去楼下挖了一畚箕修理课桌时留下的刨花和废边角木料，在微型灶孔里烧起来了。一会儿，饭盒里就冒出了米饭和带鱼的香气，我灭了火，让饭在余火上再多焖会儿。然后用毛巾包了滚烫的饭盒，扔到充当我们写字台的一张课桌上，狼吞虎咽起来。

这是我"创作"的最简单、最原始版的带鱼饭，除了盐，没有任何调料。但是它非常非常好吃！比天下所有的东西都好吃！我为这个"成就"欣喜若狂。这之后，我常常在傍晚时买一条小带鱼——一是我那微薄的工资买不起大的，二是我小小的饭盒也装不下稍微大点的带鱼。

长大成人后，我经常在正式的锅里烧带鱼饭，我还是喜欢把带鱼整条盘在锅里——整条的好处是，熟了后你拎起鱼头，抖几下，那白生生的鱼肉全都掉在饭里，剩下的就是那根从头到尾的鱼脊骨，再用筷子夹去那条长长的背鳍，饭里就再也找不到别的鱼刺了。

再后来，我在许多饭店里吃过多种带鱼饭，它们是装在一个小木桶里的。正经大厨烧的带鱼饭，都少不了姜、酒、酱油和葱花，当然还要加了红肠、猪肉、虾仁，也有再加豌豆、玉米粒和松子的，看上去五彩斑斓，闻起来香气扑鼻。这样豪华版的带鱼饭，应该比我代课时的带鱼饭好吃百倍。但我总觉得那味儿不对劲，比不上我 15 岁时的带鱼饭那么清纯，也缺了那种用刨花和边角木料烧出来的烟火味。

金色饺子

    我们家乡不产小麦，我都长大成人了，还没见过那种汉族传统面食——北方饺子。我说的金色饺子，其实就是番薯饺子。番薯饺子是我外婆的创举。

    我外婆幼时，双脚被缠足缠残了，没有人用力搀扶着，她在自家屋里都寸步难行；若出门，必得有人背着。外公是个穷教书匠，哪有本事让外婆坐享生活？所以外婆总是跪着干活，有时跪在床上，有时跪在地上，包番薯饺子则是跪在凳子上。可怜她膝盖上厚厚的老茧常常开裂而渗血。

大凡人的躯体这处坏了，另一处就会特别强。我外婆的双脚残了，双手就特别灵巧。外公家有块祖传的山地，种出的番薯外观是玫瑰色的，内里是金黄色的。这块地收获的番薯可顶外公家小半年的粮食。

番薯丝、番薯粥吃多了，总归要生腻。外婆就变着法子弄番薯糕、番薯饼、番薯卷儿和爆番薯片花，其中最让人着迷的就是番薯饺子了。

她用一块搓衣板大小、中间钉一块扎满小孔铜皮的"番薯擦"，把洗净的番薯按在上面摩擦成渣，然后沥出淀粉，晾干储存备用。又拿新鲜的番薯斩成小块，煮熟沥去汤汁；再用饭铲压成糊状。待这糊状物冷却，再撒上碾得细细的番薯淀粉，然后拌、揉、搓、捏，拍打成一大坨番薯泥。外婆就用这个来包番薯饺子的。

接着就是弄馅儿了。那馅料是新鲜的萝卜、盆菜、豇豆、茭白和荸荠，视季节而定，若有香菇和咸肉则更妙。外婆把食材统统切成绿豆大的丁，炒至八成熟。也有甜馅的，那就是把花生、芝麻炒熟了碾碎，拌上白糖和板油。但这成本就高了，所以并不经常用。

番薯泥里没掺半点面粉或糯米粉，一点黏性都没有。外婆用双手弄成汤圆大的一块块，再把这些泥疙瘩捏成一个个酒盅模样，然后往"酒盅"里填馅儿，塞得越饱满

越好，最后将饺子边儿捏拢。我们这帮女娃觉得好玩，都跟着她学。但这番薯泥太没黏性了，炒的八成熟的馅儿还有棱有角，一塞进去，那"酒盅"不是豁了嘴，就是漏了底。我们只得再挖一点点番薯泥，捏成薄薄的小皮儿补上。往往一个饺子捏成了，浑身上下都打满难看的小补丁。

可我外婆包的番薯饺子不但浑身光溜，还捏出些花样儿来。菜馅儿的两头尖尖中间鼓鼓的像小元宝，甜馅儿的如一朵朵怒放的三角梅，就连收的口，外婆还捏出波浪滚滚的花边儿。

番薯饺子只能蒸而不能下水。一下水就全烂成一锅浆了。外婆在蒸笼底上铺一层湿纱布，把饺子一个个小心翼翼地摆上去。然后开火，蒸个十来分钟，看水蒸气直直地往上冒了，那就是熟了。打开蒸笼盖，蒸气散去，我们看到的是一窝金灿灿、活生生、刚孵出来的金色雏鸟，我们要把它们揪出来，它们还撒娇般赖着，我们使劲地揪，它们的身子随着我们的动作扭曲变形而不破——蒸熟的番薯饺子有了足够的韧性和弹性，和生的时候完全不一样！最终它们不敌我们的手力，弹跳了一下，才依依不舍地离开了蒸锅。

盛到碗里的番薯饺子，晶莹剔透，玲珑俊俏。咬一口，皮儿是番薯香的，馅儿是时蔬的鲜美松脆，或是芝麻花生糖的香甜。有客人来，外婆必定用番薯饺子待客，年节的餐桌上，中间那一大碗肯定是喜气洋洋的金色饺子。

外公一生没有自己的房子，只是在不同的地方不停地租房子住，在不断的搬家中，外婆的番薯饺子就传播到乐清的各个乡镇和村庄。

我参加工作之后，在出差或参加各种会议中，我吃过各地风味的汉族传统北方饺子，总觉得那种饺子皮是死的，馅是实的，哪像乐清的番薯饺子那样生动活泼？那样色香味俱全？

如今，番薯饺子早成了乐清的特色美食，不少加工点和销售点应运而生。只是为了捏制方便，那皮泥里都掺了不少面粉或糯米粉，蒸熟了的色泽就不那么金灿灿的了，馅儿也比较马虎。总之，再也吃不出当年外婆做的那种味道了。

闲话甘蔗

恐怕没有人不知道甘蔗的，恐怕也没有什么植物的茎有这么可口、这么讨人喜欢——起码是讨我喜欢的。

甘蔗一般是当水果来吃的，可它有"水"而非"果"。我特别怕酸，家人动员我吃橘子时，我怕橘里埋着小炸弹似的连连后退，小儿子遍尝橘子、认真鉴定之后，把一些橘瓣递到我嘴边，说："老妈，这些确实不酸的。"我才敢吃。

而甘蔗是绝对不酸的。

小时候，家乡有些个卖蔗郎，都是十三四岁的半大小子，身背一捆沉甸甸的甘蔗，哪儿热闹往哪儿赶。他们一手举着一株削根去叶的甘蔗，另一手持一把半月形的短刀，长一声短一声地吆喝叫卖，引得馋嘴的孩子跟着他们乱转。这时候如果我能讨得一分钱，便忙忙地跑到他们前头去，指着甘蔗问：给多长？卖蔗少年把刀口往甘蔗上一搁，示意这个长度。我就把他的刀往里推半寸，对方又把刀往外挪几分，就这么推推挪挪的几个回合，生意成交。那少年就两手并用，在甘蔗皮上转出一轮刀痕来，然后把一头给我，我抓住了，奋力一掰，就把那节属于我的甘蔗给掰下来了。这"掰"里头还有点学问，力用对了，可以多掰下一块蔗肉来，用得不对，反被对方给掰了一块去。

得了那一节甘蔗，还不能吃独食，按兄弟姐妹人数，让那卖蔗郎把甘蔗劈成几瓣。一人分得那么点点，嚼啊嚼的，都嚼成干巴巴的了，还舍不得吐掉。有时为了一分钱能得到的甘蔗多一点，我宁可要那硬邦邦的根部。前些日子和一位余姚籍的朋友说起这事，她说她那时专门买甘蔗节，一分钱7个；可见当年吃不起甘蔗的大有人在。

7岁那年，我在外婆家住过半个学期。外婆腿脚不行，因此买菜的任务落到比我大4岁的六舅身上。六舅那时候已经非常能干，挑菜、还价，精明得不亚于一个家庭主妇；而且他的腿长，跑起路来飞毛腿一般。外婆家后门有个大菜园，园主死了父亲后无钱下葬，就把棺材停在园角。每每经过这个阴森森的地方，六舅就尖叫了一声：鬼来了！撒腿就跑，丢下吓得失魂落魄跑得跌

跌撞撞的我差点背过气去。若干年后我在全市中学生运动会上轻轻松松地拿了800米冠军，恐怕和六舅的恫吓不无关系。

尽管如此，我还是爱当六舅的跟屁虫。原因一是刺激，二当然是因为有甘蔗吃。六舅可从来没给我买过甘蔗，他的甘蔗都是"赌博"赢来的。六舅在街上一出现，就有一个个卖蔗郎追着他问：劈甘蔗吧？一分钱一刀！要么两分钱三刀？六舅总是爱搭不理的。待他绕菜场一周买好了菜，便把菜篮子往地上一放，漫不经心地接受了一个卖蔗少年的要求。

待劈的甘蔗都是经过精心挑选的，弯得像驼背老人，根部被削得很尖，且向一边歪去。你扶好它竖在地上，一松手，它就像中风般立马倒地。

六舅立起那株长长的甘蔗，拿那半月形的刀"扁"住上头，屏了一会儿气，突然提刀，按规则左右虚空两下，第三刀才真正地向甘蔗劈去，只听咔嚓一声，因为刀子的下滑六舅的身子也随之蹲了下去，一株甘蔗常常被一劈到底，惹得围观的大人小孩目瞪口呆。得了甘蔗，六舅并不吃，于是我长一节短一节地左右开弓，淋漓尽致地恣意吃去。

这时候，卖蔗郎们会蜂拥地围住六舅，指望他再来两下。六舅高兴了，花上八分一毛，一路劈将过去。他极少失手，于是我怀中的"长枪短棍"抱都抱不过来，弄得像黑社会老大的小跟班。我问六舅：他们都亏死了，为什么还要拉着要你劈？六舅把脑袋昂得高高，说：绝招，他们要看我的绝招表演，懂吗小丫头片子？

我对六舅佩服得五体投地。跟着六舅，我一边享受着人们的艳羡眼光，一边享受着甘蔗，有时舌头被夹，有时嘴里吃出血泡，但我不轻言放弃。

常言道"江山易改，本性难移"。长大了，我还是偏爱甘蔗，如今老了，日本富士、美国提子、越南火龙果和泰国红毛丹也不是买不起，但我偏对土得掉渣的甘蔗一往情深，偶尔还生出要在大街上咬甘蔗的冲动，明知这样有伤小雅，有碍市容和观瞻，却常常"老夫聊发少年狂"，左一节，右一节，一路扬长咬去。

甘蔗虽贱，但能一辈子吃它，也是一种福分，因为这第一得有几颗奋不顾身的牙齿，第二必须没有糖尿病，第三，还该有一个胜任的好喉咙：那丰沛的糖汁必须负责地进入食道到达胃里，而不能误入歧途到气管和肺里去惹是生非。

海岛上的奶蚶

　　我奶奶的娘家在一个叫"洞头三盘"的海岛上。奶奶去世很早，所以两边少有走动。自我记事起，只知道三盘有奶奶的两位侄子，即我爸的表哥，我喊他们为表伯。

　　那是20世纪60年代初，我15岁半。当时农村的粮食十分紧缺，还没过年呢，我家的米缸就快见底了。身为长女的我被爸差遣着去洞头三盘岛上找他表哥，看看有没有法子帮我家渡过难关。

　　机帆船在海面上摇摇晃晃，我一上船就恶心、就呕吐，不断地吐，把早上吃的番薯丝全呕光了，浪费了这么多粮食，我很是心疼。晃了4个小时，总算到达洞头三盘码头。举目遥望，高高的坡上错落有致的都是矮小的石屋。我沿着弯弯曲曲的山路上去再上去，一边不断地打听表伯们的家在哪儿。冬天是带鱼汛期，岛上随处可见的是带鱼的鳞光闪闪。

这是我第一次见我的表伯，他们都比我爸大，满脸是风吹浪打的沧桑。他们的三个儿子也二三十岁了，已分家各自过。大表哥有个儿子叫奶牯，10岁模样。渔家人看重男娃，奶牯的名字就包括着疼惜和强壮。

两位表伯听了我的诉求，跟他们的儿子一嘀咕，决定每家都给我拿十几条带鱼。我在岛上过了一晚，第二天，就背着大半筐带鱼坐机帆船回家了。

爸留下几条小带鱼自家吃，大的拿到镇上，换了粮食，勉强熬过了年后的春荒。

第三年的秋天，风调雨顺的，一亩地多收了三五斗。队里种的荸荠也大丰收，我们家分到整整一稻桶。大家的脸上便有了喜色和血色。

父亲对我说：你该去三盘岛了。滴水之恩，当涌泉相报。我问：怎么报？爸说，前年给我们带鱼的，我们还他们一家一箩谷。我问，这么多谷子，我怎么弄到洞头去？爸说：请他们上大陆玩啊，完了让每家把谷子挑回去。

于是我找出个旧帆布包，装上新鲜荸荠，兴冲冲地出发了。

又是一番昏天黑地的呕吐，机帆船渐渐近了三盘码头。

我奇怪这天码头的情形和上次截然不同，多了些拿着长枪、

脸色严峻的民兵。我抬腿刚要上岸，民兵就把枪横在我胸前了，并开口问我要介绍信。我说我是来看表伯的，哪来的介绍信啊！

我被晾在船上，前不得进，后不能退。有人告诉我说，这船要在海上晃荡一夜，明天将我们遣返大陆。

天渐渐黑了，恐惧攫住了我。但我得做最后的挣扎。我说：我找我表伯，他们的名字叫……民兵们说：现在是备战时期，没证明找谁都不行！

我绝望了，泪水堵在喉咙里。那船慢慢地荡离了码头。正在这时，山坡上冲下个十一二岁的男孩，他边跑边挥舞着手臂，大声喊着：我表姑！她是我表姑呢！

有生以来，头一回听人喊我为"表姑"，而且喊在我心情最糟糕的时刻。这个虎头虎脑的孩子，原来就是奶牯！我的眼窝热热的湿湿的，泪水马上要掉下来了。那些民兵看看我，又看看奶牯，居然让船重新靠了岸，奶牯一个箭步跳进船，拉了我的手下了船，我们俩就这么手牵着手，一直往高坡上跑去。

　　我和奶牯成了好朋友。我把荸荠倒在脸盆里，准备去洗，可水缸里没水——我忘了海岛上的淡水是非常珍贵的。我放下了脸盆，准备用手帕和衣襟为奶牯把荸荠弄干净。可奶牯根本不需要我帮忙，他吃荸荠的样子很特别：三个指头撮住荸荠葱，把整个荸荠往嘴里一送，咔嚓一声，荸荠咬下了，荸荠葱却从他指缝里飘落，然后他又去撮第二个、第三个，麻利劲儿让我目瞪口呆。

　　正是休渔期，修船的榔头敲击着侧立在岸上的船舱，咚咚声此起彼伏。表伯的餐桌上断了鱼腥，只有一碗盐，隐约着几颗炒豌豆。那年月没有冰箱，因此"潮涨吃鲜，潮落点盐"就成了常态。

　　奶牯带着我，山前山后地疯跑，我们从这块礁石跳到另一块礁石上，在礁石的缝隙里寻找那些千奇百怪的海贝海螺。可惜大个儿的都叫人捡走了，剩下的小得都还来不及长出肉来。

　　奶牯拥有一个"宝库"，那是一个小小的坛子，里面装的是煮熟、晒干、像极了瓜子的迷你小乌贼干，那是表嫂藏着给儿子

补身体的，全家老少都不许动。奶牯对我敞开了坛子，他一把一把地往我和他自己的口袋里装这玩意儿，然后带着我向山后跑去，随着我们的脚步，口袋里的小乌贼干在欢乐地窸窸窣窣，叽叽喳喳。

吃这东西和吃瓜子恰恰相反，瓜子是吃仁儿吐皮儿，而这是吃皮儿吐仁儿（皮儿是薄薄的乌贼肉干，仁儿就是乌贼骨）。这皮儿很鲜、很香，韧韧的很有嚼头，又解馋又抵饿。乌贼虽小，却也五脏俱全，我和奶牯对望着吃得墨乌的嘴唇，笑得前仰后合。

第三天一早，奶牯要带我去他们县城所在地——北岙岛玩。北岙岛除了地盘大一点、地面平一点，几乎什么也没有。给我印象颇深的是奶牯，那么点大的孩子，摇着柄比他身子高几倍的大橹，身子一仰一俯的，驾轻就熟，俨然一个小小的渔老大。蓝天碧水红霞白鸥是他的背景，这美轮美奂的画面，让我至今记忆犹新。当时他就这么驾驭着舢板，带着我直抵北岙，让我钦佩不已。

那一回，我在岛上玩得忘乎所以，临走时，才想起我爸交给我的任务，我对表伯们说：今年丰收了，我爸叫你们到我家挑谷子去！

炘弟的二胡

母亲被调往十多里外的山区小学任教，带走了三个小弟小妹，把 10 岁的我和 8 岁的炘弟留在家里。

阿炘话不多，整天沉着颗脑袋，进进出出，好像有满肚子心事。不知谁给他起了个外号——"沉头虎"。他的"拳头丁"（小拳头）很硬，我领略过这拳头的厉害，有点怕他。

新学期开学了，"沉头虎"自作主张，非得辍学给生产队放牛去，因为放牛一天能赚 1 个工分。牛不能一天挨饿，所以他一年到头能赚 365 个工分。凭这个，炘弟差不多能养活半个自己了。

牧童们爱把牛放到三里外的山上，山上野草丰饶，不必担心牛偷吃了生产队的稻秧或麦苗而被扣了工分。还有一个相当重要的原因是，山上没有大人的管束，牧童们爱怎么撒野就怎么撒野。阿炘他们最喜欢的却是扯着喉咙唱野歌，他们的野歌词汇生动，曲调悠扬。那首后来上了央视的"青翠飞过青又青哎，白鸽飞过打铜铃哦。尖嘴鸟飞过红夹绿，长尾巴飞过抹把胭脂哎，搽嘴唇哦！"就是我炘弟他们的创作。

我家东邻是五可家，他家有二胡有笛子还有扬琴。他家的兄弟们能把这些乐器弄出许多美妙的曲儿，这让炘弟羡慕得不行。他很渴望得到一把二胡，可按当时我家的条件，连一根二胡的弓

毛也买不起。

有一天，"沉头虎"带着斧子上山，砍回了一节粗粗的毛竹，放在檐廊上晾着。

我家的檐廊空空，木匠阿海师傅长年累月在我家檐廊上打造橱柜桌椅。有一天，趁阿海叔回家吃午饭的间隙，"沉头虎"抄起他的锯子，对着他那节毛竹就锯。可是竹皮很顽固，何况炘弟的小胳膊连锯子还拿不稳，锯口一碰竹皮就打滑，非但没锯进竹子，倒把他自己的小腿锯了个口子，鲜血汪汪的。

阿海叔饭毕回来，一看这模样，不知是心疼我炘弟的小腿还是心疼他自己的锯子，就对阿炘吼道：

"以后不许再乱动我的家伙！有活儿就交给我干！"

炘弟比画着，说要做一把二胡，要先锯个琴筒。阿海叔明白了，三下五除二就弄妥了。我在一旁看着，想，光有个破琴筒，离二胡还差十万八千里呢。

阿海叔担心自己的斧锯刨凿被折腾坏了，就对阿炘有求必应。他用自己的零头碎料，陆陆续续地，帮炘弟把二胡的琴杆、弦轴、琴码也都给弄好了。

一个雷暴雨的下午，被淋得落汤鸡般的炘弟脖子上绕着一条蟒蛇，连滚带爬地从山上下来。快到村口时，他再也坚持不住，和蟒蛇一起摔倒在大雨喧哗的石桥上。

当村人把炘弟和那条蟒蛇一块儿送到我家时，他脸色铁青，浑身淌水，而我却被那条蟒蛇吓得浑身筛糠。炘弟大口大口地喘着气，镇定地告诉我说：死的，我用许多块石头，硬生生把它给砸死了！

他湿淋淋地进了厨房，又湿淋淋地蹲在地上，剁去了蛇头，剖开了蛇腹，把蛇皮剥了下来，又截取了中间最好的一段，用小洋钉钉在一扇破门板上。

之后，炘弟将那块蛇皮蒙在了琴筒上。接着还弄了根小鞭竹，将两头燀燀，弯成了琴弓。他摆弄着琴弓，重重地叹了口气，说：最难弄到的就是马尾了。

五可家祖祖辈辈开着大药房，自我记事起，他父亲郑卓然先生和他大哥郑大可就是坐堂医生。也许是因为出诊的需要，他们家世世代代——直到今天都养着两匹高头大马，那是从内蒙古草原买来的骏马，它们形体剽悍，神采飞扬，有种让人震撼的美。五可在荒田和路边放马的时候，常用一把梳子梳理马尾巴。那马尾巴自上到下都是5寸宽，一根根质地饱满，油水充沛，像黑色的瀑布一泻到它们的后脚踝。

不知什么时候开始，阿炘只要上山放牛，一准要捎上五可家的两匹马。他精心挑着山坳，让马儿能吃最肥美的青草。因此这两匹马见了炘弟就喜形于色；五可省去放马的工夫和辛苦，见了炘弟也喜形于色。

一天，那匹枣红马正在咀嚼着鲜美的"牛奶株"——这种草的茎叶里都储满乳白色的奶汁，是牛马们最爱的美食。炘弟抚摸着吃得正香的枣红马的脸，抚摸它的背部，然后滑到它的屁股，最后，他的手落在那富丽堂皇的马尾巴上。他弹琴般拨弄着那让他着迷的马尾毛，忽然，他那么一揪，一根马尾毛就到了他的手里。枣红马感觉了疼，微微一颤，以为是遭了牛虻的攻击，只是甩了甩尾巴，继续享用"牛奶株"。阿炘把那根马尾毛团起，塞进口袋深处，然后移身到另一匹白马的身旁，用同样的手法揪下一根马尾毛。那天回家后他找出我家唯一的饼干瓶，把马尾毛放了进去。

我问他揪马尾毛做什么。沉头虎回答我：

"我打听好了，二胡的弓毛是200根。我要揪满200根，做一支正经的二胡弓子！"

冬去春来，饼干瓶里的马尾毛越积越多。

一个星期天的下午，我正在河埠头洗芥菜，阿炘的一个牧友一路狂奔一路大喊：不得了不得了！阿炘被枣红马踢了一脚，恐怕没命了……我一惊吓，差点一头栽到河里去。我稳住了身子，问阿炘现在在哪里？他答，在五可家马厩那边！我发疯般地往五可家跑去，我见到五可正把肇事的枣红马牵向远处，拴在一棵樟树上，那马的鼻孔在愤怒地喷着粗气，仿佛被踢坏的不是阿炘倒是它。阿炘则躺在马厩门口，满脸是血，人事不知。

大可把炘弟抱回到我家床上。卓然先生也过来了，他又是掐人中，又是扎针灸，忙活了半个时辰，炘弟才悠悠地醒了过来。

炘弟在床上躺了半个月，也吃了卓然先生半个月的中药。待到他晃晃悠悠地能起床走动时，大彻大悟似的对我说：

"那天我没带五可的马上山，没有牛奶株的奖励，马儿不买我的账！"

那天五可也来了，他打开了饼干瓶，数了数阿炘的"收藏"，说，还不够呢。

第二天，五可送过来十几根马尾毛。

炘弟的二胡总算完工了。虽然粗陋，但拉起"青翠飞过青又青哎，白鸽飞过打铜铃哦"，和他自己唱的一样一样的。

游走的郎中

我娘家那边有个游走的郎中叫"灵昆老",都说他接骨本事了得,但我们都没有见过。

我妈是本村的小学教师。学校的校舍和宿舍楼都是从前富人的,富人全家已定居上海,庞大的空房就办了学校。我妈分到的那间宿舍还挺大,我们几个孩子都跟妈住在寝室里,只是烧饭要到楼下公用的大厨房里。

那年春天非常潮,水泥质地特别好的礼堂成天湿漉漉的。就在那个湿漉漉的星期天下午,我9岁的妹妹在河里洗好萝卜回到学校,年轻的校长见了她便做老鹰抓小鸡状。我妹一躲,却摔了一大跟斗,萝卜滚了一地。妹妹平日里一点都不娇气,这一回她却躺在地上哭得不行。校长只得抱起她送回我妈的宿舍,妹妹却越发哭得凄楚。校长说"赖上我了赖上我了",他把我妹往床上一丢,掉头就跑了。

寝室里只有我这个13岁的大姐,妹妹哭着指指自己的左腿。我把她的单裤往上提提,腿脊上有血,还有一点断骨碴碴拱了出来。

我吓着了,急忙喊来在外面干活的父亲。父亲一见也慌了,背起妹妹就往镇医院跑。我跟在他身后,在窄窄的河堤路上跑得

汗水涔涔。大约走了一刻钟，对面来了个干瘦瘦、佝偻着背的老头儿。他左肩挑着小竹扁担，扁担的前头挂着褡裢，扁担后头是一方灰扑扑的小铺盖。老头右手拄着一根拐杖，趔趔趄趄地向我们走来。

在我们擦肩而过的瞬间，那老头瞥了眼我妹的腿，问：摔断骨头了吧？我爸说，嗯，这正要去医院呢！老头说：花那冤枉钱干吗？我爸说，哪有治病不花钱的？老头说，我就不要钱！父亲犹疑着，那老头说：没听说灵昆老吗？

"你就是灵昆老？"父亲像遇到救星，背着妹妹掉头就回到学校，灵昆老喘着粗气跟着我们。他拒绝我的帮助，趔趔趄趄地上了楼。进了妈的寝室，他把行李往地上一扔，双手在我妹妹腿脊的双侧摸了摸，就对我妹道：忍着点，我给你正骨了！只见他右手抓住我妹的左脚，用力抻着，左手的两个指头把探出来的那点骨碴碴按回去，然后又在伤腿上摸索按压了几下，说，骨头接上了！又转身对我和我爸说：你们，一个去找笋壳，一个去烧半斤糯米饭！

天已渐晚，我们只当他饿了，又觉得这老头儿有点挑剔，吃饭就吃饭，还必得糯米饭。但他说过治病不要钱，吃我们碗糯米饭又怎的？于是我下楼烧饭去了。等我把糯米饭端上楼，我爸还没回来。我想，学校附近没竹子，我们村的人也不吃竹笋，爸到哪里去找笋壳？

灵昆老从他的褡裢里抓出几把打成粉状的草药，倒在糯米饭上，他捏啊捏，捏成个药饼，热乎乎地裹在我妹的伤腿上。这时候我爸也回来了，他的手里拿着把刷墙用的旧刷子。爸拿刀剁去沾满蛎灰的那头，剁掉捆扎的细绳，哗的一声，散了一地的老笋壳。灵昆老捡起笋壳卷儿，展开，一张张往药饼外贴，密密麻麻地箍了一周。这时候我明白我该做什么了，我找了一卷细带子，灵昆老就用它在笋壳外围绕啊绕，给我妹打上了笋壳绑腿。

我爸说，你这像医院里打石膏。灵昆老眼皮一翻，说：石膏能跟我这比吗？我的草药能止痛，能接骨！——石膏又死又沉，接骨要靠你自己长！

已是晚饭时分，我问灵昆老想吃什么？他答，半斤老酒。我问，要什么饭菜？他摆摆手，坚定地说，就一碗老酒。酒来了，他慢慢地呷着，很享受的样子。我们正为他今晚睡哪儿发愁呢。喝完酒的他趔趔趄趄地下了楼，一头往楼梯下钻去，并打开自己的小行李卷儿。我急忙说不行不行，这儿满是蛛网和蚊子！要不你先出来，我给打扫打扫！

等我拿着扫帚和拖把来到楼梯下时，他已经呼呼地睡熟了。

之后每隔一天，灵昆老就拄着拐杖过来给我妹换药，每次都要喝一碗老酒。有一次，我给他弄了一碟炒蚕豆，他抿一口酒，往嘴里丢一粒蚕豆，面相柔和了些。我问：阿公，你这接骨本事是从哪儿学来的？

于是他给我讲了个故事：年轻时他在深山里当和尚。寺庙厨房外是一条小溪，溪水哗啦哗啦的，景色挺好。住持规定每晚都要留两碗冷饭，用饭箩装着挂在梁上准备明早泡饭。可第二天一早，却发现冷饭被偷光了。那天夜下，几个小和尚躲在厨房角落，拿着棍子准备抓贼。半夜里窗外有了动静，原来是一只长毛老猴，顺着跨溪的老藤爬进厨房……小和尚们很生气，抓住那老猴并打折了他的一条后腿。第二天清晨，挑水的他发现那老猴正一跳一瘸地在寻找什么，他偷偷地跟着，只见它陆续拔了好几种野草，一并嚼碎了，敷在它自己的断腿处。往后那老猴天天找药，他也天天跟着，终于把那几味草药认全了……

给我妹妹换第五服药时，林昆老说：这腿再养养就没事了，我不会再来了。我们问他要多少医药费，他又翻起了白眼，没好气地说，我说过不要就不要！说完就收拾起行头，晃晃悠悠地走了。

父逝之殇

　　父亲走了一周年了，开头那两周，我恍恍惚惚，什么都不能做，什么都不敢想，什么也无法看。

　　一直以来，父亲对自己的身体自信满满。年年体检，已经熟悉的医生一见他就说：今天非得从你这老爷子身上找出几个毛病来！但结果却是，爸的心脏跟二三十岁的人一样好，其他的指标也都十分正常。最后医生宣布说，你能活到120岁！

　　爸欣然接受这个祝福，他很开心，经常在我们家庭群里发发红包说说笑话。去年小满前三天的上午，他又在群里嚷开了：孩子们，我唱歌了啊。他清了清嗓子，唱了曲《松花江上》。他是音乐老师，也是男高音，唱起歌来字正腔圆，韵味十足。尤其是他年轻时教唱过的抗日歌曲，更是充满激情。那天他唱完《松花江上》，就喊：你们给我鼓掌啊！于是五世同堂的孙辈有的喝彩，有的给他发各种各样搞笑的表情包。

　　都说人无癖不可交。父亲不赌不嫖不烟不酒，他的癖好就是唱歌。我自风琴那么高时，家里买了架风琴，父亲总是说："阿丹，我弹琴，你唱歌。"

　　其实父亲这辈子够惨的，奶奶45岁才得了他这单丁子，可以想象当时她老人家是多么地欣喜如狂啊。不幸的就在这月子里，他们家发生了一场惨祸。爷爷原本是中雁荡山的农民，他们兄弟非常勤劳，在荒山野岭上烧荒开地，种上五谷杂粮。常言道："荒地无人耕，耕熟了人来争。"眼红了的村霸要把这些熟地占为己有。为了保护劳动果实，爷爷兄弟俩做了殊死的反抗。爷爷的哥哥被当场打死，爷爷自己则被打得口吐鲜血。土地被抢走了，爷爷一家也被扫地出门。他忍着伤痛，用仅有的一对小箩筐，一头装着出生没几天的我爸，另一头装着锅碗瓢盆，奶奶则包着头巾，跟着爷爷去流浪。可怜的奶奶一路上风餐露宿，又惊又吓，没几天就病倒了。

　　他们来到一个叫泮垟的村子，这个村子屋宇宽敞，不少村民都知书达理。爷爷就借了间小偏屋住了下来。可是奶奶又是高烧又是寒战，村里的一家药铺愿意赊药给她，奶奶却拒绝吃药。她想的"是药三分毒"，怕吃了药的奶水毒害了她的宝贝儿子。奶奶

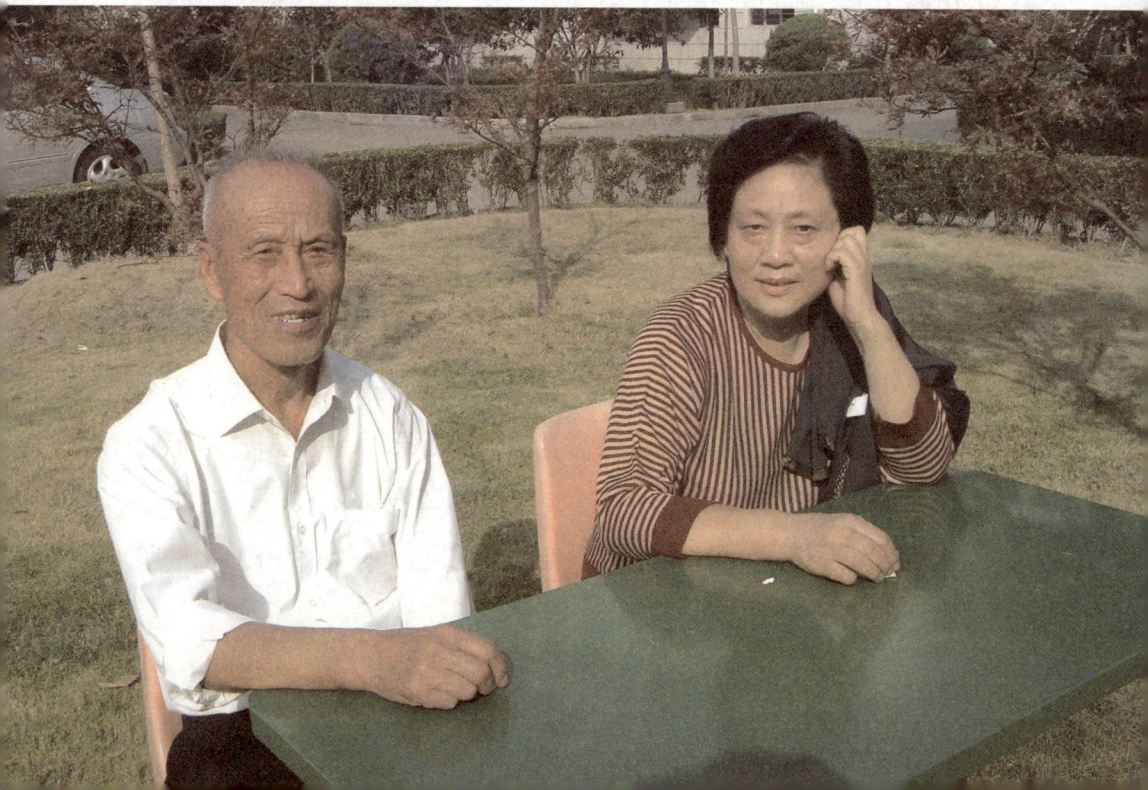

迷迷糊糊地烧了十多天，带着千般不舍万般痛苦，撒手人寰了。

爷爷很有经济头脑。泮垟的老人祝寿、子女结亲，或添丁进口，或学子高中，都要买许多精美的糕饼分赠给邻里和亲朋好友。聪明的爷爷看准了商机，就设计了一套"福、禄、寿、喜、鱼、蝠、荷、榴等吉祥图案，请人雕刻出模子，再加上他选用最好的食材，精心制作，把糕饼弄得艺术品一般，因此生意非常红火。泮垟人还喜欢砌华屋造大宅，爷爷又跑到丽水山里边，扎了硕大的木排，冲破湍急的溪流和瓯江恶浪，把木排放到泮垟。短短几年，爷爷就赚下了几十亩土地。可是好景不长，他老人家因为劳累过度，旧伤发作大口呕血，撇下5岁的幼子离世了。那时那刻，望着懵懂的儿子，他应该是多么的死不瞑目啊。

在继母手下，父亲吃尽了苦头，有两次差点命丧黄泉。亏得爷爷精明，病危之际一定要和同村的我外公做儿女亲家，并把儿子托孤于他。我外公毕业于20世纪20年代的上海音乐学院，学的是管弦乐，当时的校长是蔡元培。外公思想进步，心地善良，且十分幽默风趣。在外公的监护下，父亲磕磕绊绊地长大了。耳濡目染，外公的音乐造诣和开朗的性格大大地影响了我的父亲。

父亲熬到师范毕业，并当上了柳市学堂的音乐教师，因为工作出色，不久就升为教导主任。

人们给我父亲的评价是：纯善，耿直。弱冠之年，他就把从继母手中分得的几亩地卖掉，在自己家里办了个小学，让母亲和舅舅教书育人。他们是真心诚意让穷人的孩子入泮读书，至于原本该给老师养家糊口的"学谷"，父母和舅舅都不在乎。这所小学永远入不敷出，父亲的土地一点点地赔光了，却带出了一批颇有影响的学子。

　　随着岁月的流逝，父亲越发地刚正不阿，爱憎分明。土改时有人私吞浮财，他去揭发；地痞流氓欺压好人，他打抱不平。比如有两个他过去的差生要进柳市学堂当教师，父亲竟当面就说：依你两人的成绩和表现，当老师岂不是误人子弟？凡此种种，他遭到小人的报复和暗算，一个莫须有的罪名抓他入狱。

　　因为父亲失去公职，我们一家九口，全靠母亲每月 30 块工资养活。在这样困顿的情况下，父母还不忘救济别人。20 世纪 60 年代初，一个学生的父亲贫病交迫走了。那时候我们家也在挨饿，除了中午一顿番薯米饭，早晚两顿不是糠糊糊就是大头菜。每个中午，父亲在热气腾腾的大锅中挖出一碗米饭，让我 9 岁的三妹给这位学生送去。三妹饿啊，走到半道上，就偷偷地抓一撮饭塞进嘴里。有人见了就跟我父亲说："自家的孩子都饿成这样，还管不相干的人干吗？"我们姐弟妹对他的做法也很有意见。父亲谆谆解释说，人家没爸了，又害着胃病，多可怜啊！我们好歹全家在一起，克服克服也就过去了。

　　在那条三里长的石板路上，三妹来来往往地跑了两年，成了当年一道苦涩而温暖的风景。

　　有一次母亲卖了衣柜换得几十块钱，让父亲上街买"私米"。"私米"就是黑市米。当时凭粮票买米是 1 角钱 1 斤，而没粮票的要一块钱 1 斤。那天父亲来到街上，遇一老人哭诉，说自己看病的钱让人给偷了。父亲二话不说就把钱全给了他。当然，大米买不成了，害得全家好几天只吃糠菜见不着粒米。母亲和我们都怪父亲不量力而行，善良过头苦了一家人。

　　为了"赎罪"，父亲白天在大田里劳动，夜晚就千方百计地去捕鱼、捞虾、摸螺蛳。他的水性和耐性都好，从来不会空手而

归，但如此夜以继日地劳作，正经的农民都吃不消，可我的父亲却咬着牙关一直坚持下来。得力于那些珍贵的蛋白质，我们姐弟妹的身体发育得比同龄的孩子们要好得多。

晚年的父亲是幸福的。他身手矫健，精神矍铄，85岁学会了五笔打字，一年时间里竟敲出本18万字，并以《苦乐人生》的书名正式出版的书；他还在电脑里植入音乐软件，把散佚的好歌好词和五线谱都默写出来。他学会了淘宝购物，买了电子琴又买手风琴。90岁了还骑自行车。学生们开同学会，他成了老师总代表——因为其他老师不是已故，就是行动不便了。他还网购了音响和投影仪，让农村的大妈们也学着跳广场舞。省市的媒体把他当作新闻人物，采访的人一拨连着一拨。记者们说他的退休工资一大半给了淘宝，还说马云应该请他去代言；而每个重大的庆祝活动，有关部门都要请他登台歌咏，他的男高音不减当年……

无论从哪方面说，老爸他应该好好地活下去，应该活到120岁！

在他离世前的五六天，他忽然对群里的晚辈说：你们有空过来看看我……

我听到了这话，隐隐地感觉父亲有点寂寞了，心想把手头一个中篇赶完就去看他。其实我跑娘家还是蛮勤的，只是来去匆匆，没能在老爸身边多待些时日。我真够憨傻，真够盲目乐观，总以为老爸活过百岁没问题。现在想来，那"有空过来看看我"，也许就是对我说的，那几天他应该感觉不对劲了。

小满前一天，他亲自去菜场挑买了他喜欢的菜。晚饭后在大榕树下和村人聊会儿天，最后转到大弟家和他的孙女唱了会儿歌。就在那个午夜，他突然吐了一口鲜血，惊慌的男保姆立即要打电话告知我们，可是爸摆摆手说，半夜三更的，别惊扰他们了。保姆看他气色尚好，也就罢了，直到凌晨，一觉醒来的保姆喊他，他已经不会答应了。

我被那个不吉祥的电话惊醒，打车直奔百十公里外的娘家。一路上，我的心像塞满了稻草似的又乱又痛，爸不咳不嗽又没胃病，那口鲜血是从哪里来的？

家庭群里熙熙攘攘，我高喊：请医生，医生到了没有？弟弟妹妹们也在喊：爸，大姐在路上了，你挺住！挺住！我继续喊：爸你没事的！你等着，我回家给你唱歌！后来弟妹们告诉我，我说这话时，爸还点了三次头。

推开小弟家大门是早晨8点30分。我推开众人冲到父亲床边，把双手伸进被窝，紧紧地抓住爸的手，他的手软软的、热热的，和正常人一模一样。不正常的是，他张着嘴，呼吸很吃力。我俯下身去，哽咽着说，爸，张着嘴一点都不好看！你把嘴巴合上吧！他没听我的，仍然张着嘴喘气。我继续说，爸，我是阿丹，阿丹来了啊！你最爱听阿丹唱歌的啊。

他的眼皮动了动，但没有张开，却用干燥的嘴巴和舌头，艰难地吐出两个字，阿——丹！这两个字，成了他的绝唱。我说，爸，我们唱《太行山上》。往常，只要我开了口，爸就会立即和上来。只要他能和上来，情况一准变好，准会像大悲咒里的那一句：一切灾殃化为尘。

我吞咽着泪水，强打起精神唱道：

> 红日照遍了东方，
>
> 自由之神在纵情歌唱。
>
> 看吧，千山万壑，铜壁铁墙，
>
> 抗日的烽火燃烧在太行山上，气焰千万丈……

这一回，父亲并没能和上来，但是他合上了嘴巴，留给我们一个永恒的微笑。

一位长者伸手探了探他的鼻息，说，你爸他走了。并看了看腕上的表，说，9点18分。

我不信我爸走了，我抗拒着说，他的手还是热的，热的！

他们来拖我，我仍然紧紧地抓住爸的手。我以为，我这么抓着，爸就走不了。他们更使劲地来拽我，并说，泪水不能打在你爸身上，否则他走得不安宁！

我被摁在一张椅子上，云里雾里。我想，爸从来不骗人，两周前我向他告别时，我们击了掌，按了拇指印，同时欢呼着：活到120岁！爸一辈子遵诺守信，他不会爽约，不会骗我的！于是我又冲向床旁，又一次拉住爸的手，他的手依然还是热热的、软软的……

之后好几天，我还是接受不了爸离开的事实。一直以来，我自以为懂"子欲孝而亲不待"，自以为我大把大把地给钱就是孝心。我不断地提醒弟妹们，要像呵护婴儿一样呵护老爸，陪他说话，哄他开心，警惕风吹草动。弟妹们都做得很好，他们给爸买最合适、最柔软的衣帽鞋袜，买舶来的奇珍异果，做最可口的饭菜，自家做不了的就干脆到大饭店里去点……

　　爸喜欢看我的书，只要我有新作出版，哪怕手头并不多，第一时间我都先给他几本，让他和老友们一起分享。爸也最喜欢和我一起唱歌，在他面前，我可以像儿时那样手之舞之，足之蹈之。可是爸太心疼我、太理解人了，他总以为我很忙，不敢多耽误我的时间。我也总以为他能活过百岁，总想把手头的活儿干完，好好地陪他两年。我哪里想得到，他会提前这么多就走了呢？

　　到如今说什么都悔之晚矣，我第一次尝到至亲至爱永别的心碎肠断。

　　我年轻时牢记着"以色示他人，难得几时好"的警句；那年月，下放农村的我插秧、割稻、挑大粪、拉石头，还带着孩子搬

沉重的铁件，我的两个儿子四根眉毛倒有三根眉骨是在铸件上磕断的！

后来好不容易逮住了写作的机会，我极为珍惜，我一个劲儿地写，通宵达旦地写。到后来，写作已经成为一种惯性，它像刹车不灵的车子无法打住。现在想来，这何尝不是一种自私？一种虚荣？

父亲出殡那天，自发来送他的竟有 2000 来人。应该感谢微信的力量，远在北京、辽宁、山东、陕西、云贵、广州、深圳、海南等地都有人赶回家乡，为一位普通的平民老人送行。大家都很忙，星期三下午回的家，参加完星期四上午的葬礼，就坐下午的回程飞机走了，我们甚至都弄不清他们到底是谁。

父亲走后半个月里，我不能正常思维，我不敢忆及他的音容笑貌，不敢翻阅他的《苦乐人生》，连我家先生偶尔提起"老爸"两字，我就泪水突奔不能遏止。在无法排解极度的思念和酸楚时，我甚至想去干点坏事，让警察抓我进去关几天，这样也许能转移我的无尽哀痛了。

这一天，我们姐弟妹集中到老宅。小弟站在一架简易木梯上，把父亲的灵牌安放进高处的祖宗神位里。就在那刻，一道灵光闪过，我对着那个插着香烛的壁龛脱口而出：爷爷奶奶，我们把你的儿子送还给你们了！

二妹一脸愕然：姐，你胡说些什么呢？

我说，我们爸未满月丧母，5 岁丧父，却陪了我们数十个年头。爷爷奶奶在那边等得太苦、太久了，我们不能太自私、太贪婪，应该把他还给他的父母了。

说完，我长长地吁了一口气，胸口的石头仿佛搬掉了。

佛祖携你上西天

那一年，我 7 岁，你 14 岁。那一年，我家里出了点变故，母亲养不活四个孩子，把最大的我送到县城的外公家。当时，你是初中三年级的翩翩少年，我则是小学二年级的黄毛丫头。

你是我的五舅，你的父亲是我的外公。20 世纪 20 年代末，外公毕业于上海国立音乐院，这个学院是伟大的民主革命家、杰出的教育家、思想家蔡元培先生和音乐教育家萧友梅博士共同创办的，当时的院长就是蔡元培。

外公受到了良好的教育，无论是革命思想，还是音乐专业。他学的是管弦乐。外公的笙和笛子吹得极好，他能把一支笛子转出七个调。

我上初中时，外公已年近花甲，有次中央乐团到乐清剧院演出，外公过去的一位学生、该团的一位弹奏家请我外

公登台表演扬琴独奏。一曲完毕，全场轰动，人人为之倾倒。

从前的文艺人不像现在这样容易脱颖而出，尤其是身处小县城的乡下人。你父亲只得以教书——教音乐维持生计。

你家里穷。自我记事起，就知道你们没田没地，乡下几十平方米的破旧老房，早已让给大舅、二舅娶妻生子了，所以你们家一直在外面租人家的房子住。不知什么原因，你们搬家很频繁，我跟着母亲去看外婆，头一回是楠溪江，下一回是单板桥，然后是银溪洪宅，金溪张家，还有太平巷、千秋巷……总之，永远不会是上次走过的那个地址，倒给我平添了许多新鲜感。

外公的音乐造诣为革命做出了一定的贡献。他排练过《流亡三部曲》《黄河大合唱》《歌唱二小放牛郎》和歌剧《白毛女》。受他的影响，17岁的三舅就去浙、闽、赣革命根据地打游击去了，新中国成立后定居在福州。四舅也早早地参加革命，后来分配在温州城里工作。当时外婆家除了你，还有位最小的六舅。

那一年，你们住在乐清籍著名版画家张怀江、张侯光兄弟的宅院里，让我有幸早早地目睹巨匠们的风采。记得他们家的女儿比我还小，她跪在饭桌旁一条窄窄的长凳上，两下三下就剪出了一对红鲤鱼，让我艳羡不已。半个世纪后，我和侯光先生偶遇，提起当年租住在他家的事，侯光先生居然还记得，并送我一本无比精美的剪纸集，当他用漂亮的小楷题写"郑国丹女士雅正"时，我笑了，说，我可是姓钱的啊！侯光先生一拍脑门，在"郑国丹"前面加写了个"钱"字，于是我就成了"钱郑国丹"。五舅，看看你们郑家的影响有多大！

张家大门西侧是哗哗流淌的金溪，溪面广宽，流速也快，溪中间有个草木葱茏的小岛，绿树中露出小屋一角，我们班一位同学就住在那儿。溪水不深，我们卷起裤管就可以蹚水过去。那情那景美得跟仙境似的。多少年过去了，我常常梦到这个溪滩，梦见我们在水中淘气地嬉戏，兴奋得不能自已。

我没见外公和你住在家里，当年的乐清中学校址在西山鹤瀑脚下的白鹤寺。这寺有1660多年的历史，曾与杭州灵隐寺、宁波天童寺齐名。后来不知怎么就败落了。那些年外公在乐清中学任教，除宣传演出外，乐清中学用不着管弦乐，外公只得改行当了代数老师。

春节是一年里最放松的日子。那几天，外公和我父亲、舅舅们聚在一起吹拉弹唱，我们一帮小女孩则站在一旁引吭高歌，我们很小很小就会把抗战歌曲、解放战争中的歌曲唱全了，当然，也唱一些抒情歌，还唱戏曲，黄梅戏比京戏和昆曲容易学得多，《天仙配》的开头唱段让我至今记忆犹新：飘飘荡荡天河来哎，天河如带白浪飞。姐妹七人鹊桥上，望见凡间鲜花开哎哎哎……那情那景，让我和堂小姨、表妹们都飘飘欲仙了。

乐清中学的老师们住白鹤寺的方丈楼，那些屋子四四方方，长宽一丈，让幼小的我以为"方丈"两字就是因此而来。女生们住西边的居士寮房，大大的房间，长长的通铺，一间屋子可以睡百余人，而男生们有的住东边的居士寮房，你这届毕业班特别威武，竟然住进了庄严的大雄宝殿。你们的高低床铺见缝插针地和菩萨、罗汉们济济一堂，你的铺位正好在释迦牟尼右侧，佛祖盘腿而坐，双手平放在膝头，手心朝上，慈眉善目地凝视着芸芸众生。

那一晚乐清中学有场演出，得知消息的我早早地去了。我坐在大雄宝殿高高的台阶上，可以清楚地欣赏对面戏台上的唱念做打。那次演了多少节目我都忘了，只记得你演一位民兵，飒爽英姿地说说唱唱着，你是和姑娘约会去的。可是路遇一个特务分子，你和他斗智斗勇，最后抓住了坏蛋，把他扭送进了派出所……

晚会结束天已很晚了，没人接我回金溪外婆家，也许外婆早已和你说好，让你留我在中学里和你住一宿。我随你进了大雄宝殿，昏暗的灯光下，我看见各色各样的佛爷菩萨比白天更显威严，有些罗汉则有点面目狰狞。可是我一点都不胆怯，因为有你在，有英雄在。你一蹾身就上了你的高铺，我则像小猴子一样噌噌地爬上释迦牟尼的莲台，爬上他的膝头，最后登上了你的铺位。

你下铺的同学伸出个脑袋，不友好地冲我嚷嚷道：小丫头片子，可别尿床！我立即顶他说，你才尿床呢。平日里我有点怯懦，可那晚我底气十足，英雄的外甥女没理由被人小觑啊。

在你的上铺坐定之后，我好奇地伸出胳膊，把自己的小手放在释迦牟尼的大手里。那手很光滑、很细腻，似乎还带着温度；一种神奇的感觉像春水般汩汩地流遍了我的全身，让我激动和愉快。五舅，这么好的感觉是你带给我的！我多羡慕你啊，因为你一直住在这个大雄宝殿里，与佛祖天天相伴，和菩萨们夜夜相依啊。

有一个周末，你要带我回乡下我的家。顺公路走，得走35里，走小路，要翻过一座大猫（我们家乡把老虎叫大猫）岭，则只有二十七八里。你带我步行了十余里平路，就开始登山了，走着走着，我累得气喘吁吁，鞋子又卡得我脚趾很痛。我呢喃着撒娇，想让你背我一程，可是你没有，你牵着我的手，一边走一边给我讲《刘胡兰》，讲《卓娅和舒拉的故事》，讲《古丽雅的道路》……英雄是真能鼓舞斗志的，就这么说着说着，我们俩顺利地翻过了大猫岭，奇怪的是，我的脚也不痛了。

义务兵役制实行的第一年，16 岁的你就报名参军去了。那时的你差不多一米八的个子，脊梁笔直，五官端正，目光炯炯有神，你又机敏又能吃苦，你这样的人，哪个部队不抢着要啊。

你寄回家的第一张照片是，身穿水兵服，手执冲锋枪，帽檐下两根带子随着海风飘飘扬扬，真是帅呆了。这张照片，在亲戚中间传来传去，没有一个人见了不啧啧称赞的。

没多久，外公就收到你的立功喜报。你们的护卫舰和敌舰在东海里遭遇，那一仗打得十分惨烈，双方都弹尽了，一百多号人都壮烈牺牲了，你们的舰上只剩下一个你，而敌军尚剩下三个活的！

对方狂叫着"抓活的"往你们的舰上跳。你没有被吓倒，而是撒腿往"损管工具室"跑，你抢起一把斧子，左右开弓，只那么几下，把三个家伙全干掉了，然后你开着伤痕累累的舰艇，回到了海军码头。

那时候浙江沿海还有许多岛屿没解放，常有敌特分子潜入大陆搞破坏，暗杀革命干部。一个月黑风高的夜里，你发现两个鬼鬼祟祟的黑影，扛着个沉重的麻袋快速往海边走，正当他们发力荡起麻包往海里扔的时候，你大喊一声：站住！干什么的？那两个家伙慌了，扔下麻袋就跑。你上前打开袋口，伸出来的是当地农会主任的脑袋，他喘着气说：

"感谢大军救命之恩，若不是你及时赶到，我就被他们扔进海里喂鱼了！"

你的事迹广为流传，部队首长也十分看好你。那时，南京军区决定在四明山设立一个陆军侦察排，调任你为侦察排排长。你们二十多号人全都佩带手枪，比别的军士威风得多。

你们的首要任务是挖坑道，筑工事。那些日子，你们不是在点炮开山，就是拿着钻机在轰隆轰隆地钻岩石。工地上总是尘土飞扬。那时候你们没有口罩，也不知道飞扬的粉尘对肺有多大的伤害。五舅，我们家的人肺活量都出奇地好，年轻的你，怎么会知道这会给你的身体埋下隐患呢！

当时福建正在建造鹰厦铁路，被开山炮惊起的一只华南虎顺着沿海的山脉惶恐北上，到达杭州湾时，被钱塘江挡住了，只得退到四明山里隐居。可是这家伙不老实，每每要到农民家偷盗猪鹅牛羊，因此隔三岔五就有受害的群众找你们诉苦，恳请你们为民除害。你们到山里搜捕了几天，都无功而返。

　　驻地的山脚住着一对老年夫妇，他们无儿无女，养了条牛犊，打算喂大了卖钱维持生计。前些日子，他们的宝贝牛犊却被老虎拖走了，老人家哭哭啼啼地来向你报案，让你心里很不是滋味。

　　几天后的一晚，这老头摸黑起夜时，发现牛栏里趴着个和牛犊一般大小的东西。他欣喜若狂地回屋推醒老伴说，我们的牛犊没有被老虎吃掉，它回来了。女主人点了盏油灯出来一看，天哪，哪里是牛犊归来，那明明是老虎啊，鸠占鹊巢地睡得正香呢。吓得她把灯盏往牛栏矮墙上一撂，立即向你报案来了。

　　你带着战士们赶了过去，你生怕手枪命中率不高，也担心受伤的老虎凶残反扑，就命令战友们全上了牛栏对面一座小房的房顶。凭着那微弱的灯光，你们的枪口全瞄准那只酣睡的大虫。你悄悄地命令你的战士说：我数一二三，到了"三"时，大家一齐开枪。

　　可是一位小战士太紧张了，当你数到"二"时，就提前打出了第一颗子弹。被激怒的老虎呼啸着向瓦房上的你们扑去，突如其来的情况让你的战友们慌了手脚，有人甚至从屋顶滚了下来，说时迟，那时快，你抬手一枪，子弹正中老虎的血盆大口！

　　第二天，这巨大的新闻引得百姓们摩肩接踵而来。当地人认为虎须能避邪，就毫不客气地拔了起来，拔不到虎须的就拔几根虎毛，你们拦都拦不住。眼看一张虎皮要毁了，上头来精神了：虎皮赠予浙江军区，虎骨泡酒送往南京军区，虎肉肢解，送给当地百姓。一位 17 岁的漂亮姑娘也分得了 2 斤虎肉，从此爱上了 23 岁的打虎英雄，两年之后，她就成了我的五舅妈。

　　那张虎皮后来赠给了浙江展览馆。20 世纪 90 年代，我还看到被制成标本的华南虎，威风凛凛地对着游人虎视眈眈呢。

接着，你被调往南京军区政治部。五舅，你是个将才帅才。可是，有人阻碍了你前进的步伐，这人不是别人，恰恰是你的母亲，我的外婆。

在我的记忆中，外婆的脾气相当不好，我甚至没见过她的笑脸。她的坏脾气和她的小脚有关。那个年代的女孩都必须缠脚，可是外婆原本健康的身体不那么心甘情愿地受束缚，尤其是那双脚，长得比同龄的孩子快得多。她的家长给她缠足不成，就请来专业缠脚婆，她们把四五岁的外婆关进柴房，把柴门给锁死了。

缠脚婆举起一只饭碗，让它砰的一声摔在地上，然后从中找出两块认为合适的，锋口朝上，搁在外婆的脚底心，然后拿裹脚布把碗片和幼嫩的双脚死死地缠在一起，然后用木棒和鞭子赶打着外婆，让她重新学习走路。外婆痛得呼天抢地，痛得肝肠寸断，可动摇不了大人们给她缠足的决心。那破碗的锋口硌进了脚底皮肉，硌断了她的筋骨，接着伤口发炎、化脓、腐烂、粘连。外婆发高烧，说胡话，躺在柴草堆里生不如死。两个月后，被折腾得像鬼一样的她被放出柴房，她的脚成了粽子，缠脚婆宣告缠脚成功，可是外婆的脚从此不能走路了，她整天窝在床上，或者挣扎着跪起，干一个女孩应该干的活。痛苦、绝望和愤怒让她得了胃病，且越来越严重。

当外公还是个虚岁17岁的孩子时，就被父母包办娶了大他3岁的外婆。我不知道外公之前知不知道我外婆的残疾，我常常想，一个活蹦乱跳的文艺青年，怎么能和一位目不识丁的残疾女孩喜结连理呢？

外婆性格越来越乖戾。也许是缠足的痛苦，让她越发地重男轻女。她看所有的孙辈女孩都不顺眼，骂我们"囡儿假种"，男孩是绵延家族的"种子"，女孩即使将来嫁人生子，也是别家外姓的，不能给郑家传宗接代，所以是"假种"。

还真是怕什么来什么，我的大舅妈二舅妈过门以后，生的清一色全是女孩，外婆整天唉声叹气、怨天尤人，有时还指桑骂槐。总之，她想孙子想疯了。一个算命先生告诉她，想要有孙子，必须在自己身上下功夫。外婆问怎么下功夫？那个瞎子神神道道地说，你必须"自戕"。外婆问什么叫自戕？那瞎子说，你得把自己弄出点残疾来。外婆想，她的双脚已经残了，难道还要砍掉一只手不成？

外婆足不出户，可是耳朵却没有闲着。当时村里正在评成

分，评来评去，地主的名额还差一个。那个春节外公和舅舅们都不在家，当村干部敲锣打鼓上门慰问革命家庭时，外婆心血来潮，对那帮热情洋溢的村干部说：把那个没人要的地主名额给我吧。干部们当时就惊呆了，说，你们家无地无房，怎么能评地主？再说，郑先生思想这么进步，几个儿子又早早地参加革命，怎么能让你们家当地主呢？外婆说，他们是他们，我是我，我整天窝着，什么活也不干，靠剥削女儿、儿媳的劳动力过活，评我为"个人地主"还是蛮恰当的吧。

于是，外婆替村干部们解决了个天大的难题。可是她的任性和荒唐，让子女们后来吃了难以想象的亏。

五舅，风风雨雨数十年，你一直受老娘"地主"的牵累，你的军衔也终止在营长上。我不知道你受过多少委屈，挨过多少个纠结、痛苦的不眠之夜？

可是，你仍然是我们心目中的英雄，转业后，你是单位兢兢业业的骨干。退休后，你又在孜孜不倦地发挥余热，你组织老干部们读书、唱歌、跳舞打门球。年过花甲的你仍旧英姿飒爽，仍旧可以笑嫣然、舞翩然，你参加交谊舞比赛获得全市冠军；你骑着自行车忙忙碌碌为老干部办事的身影，感动了无数人，浙江卫视都播过你的光辉事迹。

去年冬天，一直健康的你突然肺部不适住了院，诊断结果，是硅肺引起的间质性肺炎，据说此病是不可逆转的。你的档案里记得清清楚楚的，这可是当年打坑道落下的工伤啊。几个月后，当我接到表弟的电话，当他告诉我你逝去的噩耗时，我犹如遭到雷击一般，肝胆俱裂。

慢慢地缓过神来，我还是不愿意相信你离去的事实，我想，这怎么可能呢？我 96 岁的老爸，95 岁的大舅，94 岁的二舅都还健康地活着，你还未满 80 岁，怎么可以匆匆先走呢？

哀痛恸哭之后，我想起释迦牟尼和他的大手，我想，你是人见人爱、花见花开的人物，连佛祖也不例外，一定是他老人家携着你上西天极乐世界去了。

汪老，走好

　　初识汪曾祺，是因为他的小说《受戒》，好像被选载在《小说选刊》上。

　　那是篇让人耳目一新又过目不忘的佳作。没有杜撰的痕迹，也没有教人"做什么、为什么做"的说教，有的只是行云流水般的随意和散淡。那憨憨的小和尚明子，那泼辣的村姑英子，还有两人之间那朦朦胧胧的爱情，田野里那一串串少女脚印，让人心旌摇曳……总之，《受戒》美不胜收，美得让人震撼，心旷神怡。

　　真正目睹汪老尊容，是在浙江省作协召开的一次会议上。稍驼的脊背，枯黄的脸皮，凸出的前额上，是几撮花白的头发。一问年龄，刚好和我父亲同岁，可那模样却比我父亲老多了，怪不得他受邀请来杭州签名售书的时候，闻风而来的西子湖畔女生们大失所望地嚷嚷：原来是个糟老头儿！

　　糟老头儿归糟老头儿，可他的签名售书桌前还是人头攒动，多得让帅哥靓女作家们嫉妒。

　　糟老头儿说起小说，就显得精神焕发。

　　"小说就是语言。"他说，"曾听人说，某篇小说故事蛮好，就是语言太差；我就纳闷了，语言差能算小说吗？"

　　我把这句话深深地储存在自己的脑海里。

　　又问怎么写人物，汪老竖起一个手指说："贴。紧紧地贴着人物写，什么时候这人物浮起来了，那肯定是你把握不住了。"

　　短短的几句话，让我和我后来转达过此话的朋友们受益匪浅。

　　有人提起《沙家浜》。这个当年江青亲自抓的、红透半个地球的样板戏，剧作家便是汪曾祺。当时他这个臭"知识分子"正在外地的一个农场劳改呢，江青派了车，火急火燎地把人抓回北京，让他啃这块别人啃不动的骨头。后来，《沙家浜》让他获得殊荣，那年的国庆节，就请他登上天安门城楼观礼台，可同样是因为《沙家浜》，四人帮粉碎后，他被隔离审查了几个月。

　　他淡定地耸耸肩膀，对提问《沙家浜》的人说："哪壶不开提哪壶！"话虽这样说，但他的眼角却漾着淘气男孩子才有的顽皮笑意，可见他对这个剧本的淡漠和不以为然。一个人修炼到了"不以物喜，不以己悲"的境界，还有什么可说的呢？后来，听说有人为此剧的著作权告了汪曾祺先生一状，我觉得十分蹊跷：天下人都知道这《沙家浜》是汪先生的，汪曾祺为此剧身陷囹圄时，怎么没人出来争呢，等《沙家浜》成为著名的"文化遗产"了，就有人跑出来摘果子了？

散会时，我问他，《受戒》里的小和尚，有没有你老的影子？他说："有，我儿时就当过小和尚。"我们都为之一乐。是的，没有那份生活，他写不出那个感觉。

那个下午天气晴好，我们都来到宾馆下面的院子里，希望和汪老合影留念。他挺随和地往一丛修竹前一站，说："我当背景，你们来吧。"于是我们一拨一拨地走过去，站在汪老身边。汪老笑容可掬地立在寒风中，泰然自若。

汪老不但文章做得漂亮，字画也是极好的，那是种作家的字，作家的画，尚意，抒情，别有一番通透和韵味。跟他要字画的人很多，晚上他睡得很晚，午睡也全给剥夺了。我很想得到他的一幅墨宝，但总是不忍心他的辛苦，终于没开口。

最后的那个晚上有舞会，我坐在一个角落里，静静地观察着女孩们请汪老跳舞。汪老的"舞德"极好，谁请他，他都及时地站起来。其实他根本不会跳，只是在对方的牵引下踩着节奏"走"或"蹦"，慢三慢四他"走"下来了，快三快四他"蹦"下来了，乐感是很好的，节奏是极准的；心脏也管用，没见他气喘吁吁也没见他有缺氧的紧张。我暗暗地松了口气，为他有一个健康的身体而欣慰。

有次他从舞池下来时，正好坐在我旁边一个空位上。因为舞厅里光线幽暗，他凑近我的脸，看了看，说，你怎么这样安静呢？我不明白他这"安静"的意思，是怪我太不入流呢，还是因为我没在舞池里露面？我不好意思地笑笑。待舞曲再次响起，我站了起来，说，汪老，那我们也来跳一支吧？

那是支快四的舞曲，因为有了上面的观察，我放心地带着他，踩着正确的步伐，这是曲节奏格外快的快四，年纪稍大的或心脏不好的人可能都会乱了阵脚，可是汪老稳健得很，不仅没踩过我一次脚，还有闲暇跟我说话。他问我是哪里来的，叫什么名字？我一一回答了，心想这样闹哄哄的场合，他也只是随便问问，哪里记得住？曲子快结束时，他居然还问了一声：

"人人都向我要字画，你怎么没跟我要呢？"

我说："我不好意思啊。"

笔会结束，大家各奔东西。几天后，我们单位的收发员递给我一个重重的邮包，打开一看，是汪老寄的两本签名赠书，一本是《当代作家作品选集——汪曾祺》，扉页是他自己的头像，一头华发，满脸皱纹，指缝中夹支烟，食指和中指却支在左颊上。另一本是他的散文集《蒲桥集》，附在书里的一张便条上写道：我家住的那条路叫"蒲黄榆"，听起来像"捕黄鱼"，好玩吧？

可是天有不测之风云。

099

第二年春天，汪老参加一个什么笔会——大约在我国西南的一个什么城市——回家的第二天突然辞世。是因为脑出血还是心肌梗死？我没问明白。噩耗传来，我呆了，那么个活生生的人，怎么说走就走了？后来，我在他的挚友、著名作家林斤澜先生那里听到一句话：

"他是叫人害死的！"

我骇然，细细琢磨，是因为那场不该出现的官司，还是因为总是让人逼索字画的过度劳累？想来还是后者的可能性为大。汪老是何等的博大、宽容，他会为无聊的纠纷伤身吗？他只是太随和，太好说话了。而他的字画，有人要了一幅又要两幅，得到两张还要三张，自己要了还替亲友要；汪老太累了，终于累趴下了。

他就这么匆匆走了，令整个文坛黯然神伤。

我没有要过他的字画，所以我想，那"害"他的行列里应该没有我。

汪老，在那条孤寂的黄泉路上，你可要悠着点儿哟！

生 灵 之 趣

有个怪物叫鲎

　　我从小就生活在海边，五花八门的鱼、虾、蟹、贝、螺见得多了，没什么让我觉得太稀罕的。倒是内地的朋友来台州，我就带他们到码头去转转，除了看海，还可以看看排档，因为排档上海鲜层出不穷，既可供他们观赏，又能让客人大快朵颐。

　　饭桌上，我负责讲解奇螺怪蛤的名称和习性，一边示范如何把它们的鲜嫩的肉弄出来喂进自己嘴里。外地朋友在这个时候显得笨拙，他们既打不开闭口的花蛤，又吸不出深藏的螺肉，只能望着满桌的美味叹息。提及海鲜的名字也错误百出，不是张冠李戴就是指鹿为马，我就笑他们傻，对方便说，这么多千奇百怪的东西，没个十年寒窗哪能掌握得了啊！

　　海洋的确是太博大能容了，能识得她百分之二三就算不错了。多年前的一天我在菜场里转悠，发现一个青灰色的节肢动物，它比脸盆略小，背分两截，前半截圆凸，光滑如钢盔；后半截

稍扁，呈三角形，周围长满棘刺，身后还举着条一尺多长的三棱剑尾，正在不断地挥动。我的脑子里忽然跳出鲁迅先生笔下阿Q爱唱的一句绍剧：我手执钢鞭将你打！

我问，这是什么？鱼贩答，鲎。我又问，能吃吗？答，它是青蟹的妈，当然能吃。我打量这"青蟹妈"，觉得它违反了"有其母必有其子"的原则。青蟹的一对螯和八只足长在甲壳外围，既能张牙舞爪地对付敌人，又能伸开腿脚横行竖跑。这鲎的腿脚长在哪里呢？我怎么看不见？

我问了价钱，不贵，就买了下来，心想这家伙可给我孩子当个玩具，玩腻了再把它杀吃，一举两得的事。喜滋滋地回到家里，我把它往院子里一放，大喊：孩子们，快来看稀奇！

来的不光是我家的孩子，连左邻右舍的小孩大人、爷爷奶奶也都来了。一位老伯是退休的老渔民，他一眼就认出了我买的是鲎。我问，为什么有人管鲎叫"青蟹妈"？老人反问我，你见过怀籽的蟹吗？我说，当然见过，梭子蟹、大闸蟹、岩头蟳、棺材头、红脚王……那结结实实的一坨籽，把蟹肚脐都顶得远远的。老人又问，你见过怀籽的青蟹吗？我想了想，还真没有。老人说：雌青蟹没有生育能力，雄青蟹就是和雌鲎交配，传宗接代！

我不知这老人说的是对是错，若果真如此，那我们热爱的青蟹岂不是和骡子一样，出身可疑吗？

鲎似乎也犯人来疯，有了这么多的观众，就在院子里表演开"杂技"，于是我们看到了有趣的一幕：

它先是用剑尾把身体支了起来，这样它的头胸和腹甲就成了一个夹角，然后猛一使劲，啪的一声，翻了个跟斗，肚腹朝上了。再啪的一声，它又翻了个身，背壳朝青天了。

啪！啪！啪！它不知疲惫地翻着跟头，像一架开足马力的翻斗机。我们尾随其后，一会儿奔东一会儿赴西，我忽然明白，它就是靠翻跟斗走路的！这时候一位拉板车的邻居青年下班了，他抓住鲨的剑尾，一把将它倒提起来，说，好大的鲨鱼！我大不以为然，明明是甲壳动物，又是青蟹它妈，怎么叫"鲨鱼"？叫"鲨蟹"还差不多。

每每吃蟹，我总想起林妹妹的"螯封嫩玉双双满，膏凸红脂块块香。多肉更怜卿八足，助情谁劝我千觞"民间皆说蟹是八只足两只螯，荀子《劝学》里说：蟹六跪而二螯。这里的"跪"就是足，还有一对桨状腿被忽略了，如果缺了它，蟹还能在水里游泳吗？

可是鲨太奇怪了，它的胸口，竟一圈儿排开六对"螯"，准确地说，那第一对小小的才是螯，负责把食物送进嘴里，周围五对虽然也带着夹子，却应该叫"步足"；它们雏菊花瓣般向四周展开，颇像千手观音的神奇玉臂。比起鲨体的庞大，这些步足实在太小，尤其是那螯，小得有点可怜，它们一窝儿躲在胸下，一点也没有蟹们横行霸道的气概！

玩了几天，我就把它杀了，掰开鲨壳，里面全是豆大的"蟹黄"，挖挖一大碗；再把鲨体剁了，炒炒一大锅，我打了些酒，叫了邻居们一起尝鲜，那味道，的确跟青蟹特别相像。

吃完了鲨，老渔民说，鲨壳和鲨尾是很好的中药，可以治大头颈（甲亢）和哮喘。于是我把鲨壳洗干净晾了起来，后来这鲨壳让人讨要走了，也算物尽其用，而那条剑尾却一直插在我的笔筒里，我一看见它，就学着阿Q唱道：我手执钢鞭将你打！

　　有一回，我带了一帮小伙子大姑娘去大陈岛搞活动，大家在一个沙滩上拾贝、挖蛤、冲浪、游泳，欢呼雀跃欢天喜地的。一名走在浅水里的男孩突然脸色大变，双眼发直，他的脚像被钉在水里动弹不得，我们问他怎么啦？他哭着说：我踩上地雷了！

　　我们都吓得魂飞魄散。

　　国民党兵从大陈岛撤退时，埋下了很多地雷。这些地雷后来被我们驻军部队的工兵陆续排除了，但还是有遗雷伤害人畜的事故发生。一时大家都惊慌失措。那男孩止住了泪水，大义凛然地喊道：你们撤，别管我——跟我爸妈说一声，我不能给两老养老送终了……

　　忽然，那男孩回过神来，嘀咕道，这地雷怎么会动啊？

　　他弯下了腰，把双手插进了脚下的沙子，一会儿，就举起一只大鲎来！

　　年轻人像劫后余生似的抱着跳着，又哭又笑。那顿晚餐因为有了鲎，显得特别丰盛而快乐。

　　据载，鲎起源于古生代的泥盆纪，早于恐龙和原始鱼类，有"活化石"之称。我国在千多年前就有关于它的记载。唐刘恂在其《岭表录异》中写道：鲎鱼，其壳莹净滑如青瓷碗，眼在背上，口在腹下，青黑色。有尾长尺余，三棱如棕茎。雌常负雄而行，捕者必双得之……

　　就因为这"雌常负雄而行"，男生们就特羡慕男鲎，说当男鲎是十分惬意的事，老婆是豪华游艇，全自动不需燃料。女鲎是天生的贤妻良母，不但能担当起生儿育女的重任，还要养活着这啥事不会啥事不干的懒惰老公……话得说回来了，如若雌青蟹真不能生育，那雄青蟹岂不成了女鲎的隔壁老王？那么，男鲎肯定有生育障碍，否则也不会让老婆成了别家的代孕妈妈。男鲎心里委屈，消极怠工就可以理解了。女鲎也觉得心里有愧，只得永远驮着它哄着它了！

　　玩笑开大了啊。殊不知春夏之交，万物都处于欣欣向荣、繁衍生育的阶段。"清浅池塘鸳鸯戏水，双双对对恩恩爱爱。"男鲎虽然怠惰，但老婆生产的节骨眼上，它还是要陪着它到浅海区，到沙滩上来，冒险陪着妻子坐一回月子——虽然是老婆背上来的。所以被擒获时，总是双双对对，阴错阳差地被誉为"海面鸳鸯"。其实，蝶类、鸟儿、乌贼们在繁衍的季节也都成双作对，热恋冲昏了头脑，被双双擒获的何止是男鲎女鲎？

　　数年前我在丁琦娅女士的陪同下，观赏了温岭箬山的民间艺术家陈祥来先生的鲎壳画，这是门独树一帜的艺术，一个鲎壳就是一个人物，似京剧脸谱，但又不是。每一个人物的眉目之间，都活跃着鱼或虾，海马或海象。眼睛画得夸张，活脱脱的是古船的船眼，一个鲎壳画就是一个五彩缤纷的世界，看着鲎壳画，我似乎听到了松涛的呼啸，闻到大海的腥香！

　　江南的鲨像江南的人一样清秀漂亮。我见过青岛、北戴河的鲨，有三节、四节的，一般都面目狰狞，丑陋得很。如果鲨也选美，台州的鲨男生和鲨小姐当大有夺冠的希望。

　　现在的中华鲨可是国家二级保护动物了，我们可不能为一己私利，滥捕滥杀了。

怀想沙蟹

    沙蟹是蟹中贫民，比起那些高大上的帝皇蟹、大花蟹、青蟹、梭子蟹、它们只是不起眼的"草根"，登不了大雅之堂。

    这是一种体长二三厘米的小蟹。蟹壳呈长方形，青灰色，透着淡淡的微黄或蓝色。20世纪，我们浙江沿海的滩涂上，这种沙蟹遍地皆是，尤其是阳春三月的日子，它们几乎倾巢而出，或打架斗殴，或谈情说爱，你追我赶，好不热闹。老蟹们则安静地待在洞口，惬意地晒着太阳，吃着春潮送到嘴边的微生物和海藻。

　　沙蟹是个了不起的建筑家。它们的洞穴是螺旋形的，像一个大螺蛳的内壳一直往下转去，很深。它们"装修"的废料并不运往远处，而在洞口堆成一个个尖尖的小沙塔；这一里一外的建筑上下呼应，实用而艺术。

　　沙蟹生性机警，它总是举着那对长长的柄眼滴溜溜地转着。远远地见人来了，哪怕是一个光影掠过，它们就一溜烟躲到洞里，你伸手掏它，根本是掏不出来的。

　　抓沙蟹是门技术活。小时候，我见村里的一位大哥手拿一根类似钓竿似的"神器"，那钓绳上系的不是钓钩，而是一个迷你铁锚。只见他往院子里撒一把小石子，然后一手执竿，另一手把这个"小锚"扔出去，那爪状的铁器飞快地抓住一块石子就荡了回来，稳稳地落在大哥的掌中。他这是在练习抓蟹术。这样的大哥来海涂上，只见那小铁锚一闪一闪的，最机灵的沙蟹也逃不过他的"魔爪"，而且抓来的沙蟹不拖泥带水，干干净净。我们在一旁看着，就只有艳羡嫉妒的份儿了。

　　然而，极少有人能置办起这个"神器"，就是有了神器，也不一定能练就这种手到擒来的功夫。

　　可是穷人有穷人的办法。每当沙蟹旺发的季节，我们村里的七大姑八大姨，呼儿唤女、成群结队地拥向东海，孩子们腰里系着个竹篓，大人则随手提个小水桶、大饭桶之类的容器，浩浩荡荡地下海"踏蟹"去。

　　踏蟹，顾名思义，就是用脚去踩踩沙蟹。沙蟹太机灵，人到处，它们早已逃之夭夭。我们就用脚去狠踩它们的巢穴，泥涂很软，经脚一踩，蟹洞就"闭眼"了，沙蟹一时无法逃遁。我们就连泥带沙一块儿挖起，再把裹得不能动弹的沙蟹抠出来，扔在竹篓或木桶里。因为浑身沾满了泥沙，它们的行动就变得迟缓，不容易从敞口的桶里逃脱。大半天下来，我们的战利品往往是相当可观的。

记得我第一次下海时才 9 岁。我深一脚浅一脚地在海涂里跋涉着，有几脚陷到了大腿根，半天都拔不出来。而那些"久经沙场"的男孩则欢呼雀跃着早跑到前头去了，他们抓住一只小蟹，在昨天踩过的、已经澄清了的脚印窝窝水里涤涤，直接塞到嘴里，吧唧吧唧地嚼得津津有味。还不住地挑逗我说，爽，又香又鲜好吃死了！

那年月大家都穷，尤其是农民，一年到头基本不见荤腥，他们抓到沙蟹，迫不及待立马开吃并不稀奇。看他们嚼得香甜，我馋涎欲滴，但对着张牙舞爪的活物，我心里发怵。那些男孩见我面有难色，越发夸张地咂着嘴巴，滋滋地吸着蟹肉蟹膏。我狠了狠心，把一只洗干净的沙蟹送到嘴边，可看看它生猛的模样，又畏葸了。在大家的起哄下，我鼓足了勇气，张大了嘴巴，把半只蟹身塞进了嘴里，男孩们在一旁大喊，快咬快嚼啊，你不嚼它它就咬你了！

说时迟，那时快，还没等我的牙齿发挥功能，沙蟹已先下手为强把我的舌头咬住，我赶紧吐出舌头，那蟹螯却坚决不松开，整个蟹身就吊在我舌尖上，扬扬得意地荡秋千呢。我张着嘴巴哭，表嫂跑过来，用两只手狠掰螯，啪的一声，一边的钳口掰断了，才把我的舌头解救下来。可我还得伸着舌头，因为我不想把自己的鲜血咽回我自己的肚子里。

回家以后，我们把沙蟹淘洗干净，分成两拨，一半现炒现吃，另一半用盐腌呛起来，呛沙蟹从某种程度上来说比鲜炒的更美味，而且放个十天半个月也不会变质。

天下再也没有比生炒沙蟹更简单的事了。不需要刀砧，不需要剪子，用不着撬盖摘腮挖肚脐——沙蟹虽然名字里带沙，但体内却连半粒细沙也没有，而且没有异味、腥味，全身可吃。下锅时，也不需要任何作料，连盐都可以省略掉，因为沙蟹本身的咸度就够了。

我们只要把铁锅烧热，把沙蟹倒进去，拨几下，看蟹壳红了，就可以起锅了。这生炒沙蟹外脆里酥，够鲜、够香、够美味。奢侈点的做法，在锅里先放点油，再搁点蒜瓣姜片等煸一煸，倒蟹进锅后再加上点料酒酱油葱段什么的，就是上上的美味佳肴了。

沙蟹虽小，但照样红膏黄膏白膏的一应俱全，香醇得很，蟹肉白嫩，鲜美无比，最主要的是，它的味道非常"正"，甚至比那些高大上的蟹，都有过之无不及。

大快朵颐之后，我们来对付余下的沙蟹，或用盐水呛，也可直接用粗盐来腌制。我们家乡有句歇后语："沙蟹爬到盐缸里——找死！"腌沙蟹也极简单，只需把活蟹放在一个器皿里，若没有合适的容器，拿两只碗对扣着也行。说起这腌沙蟹有点残忍，把洗净的沙蟹放进容器里，再抓一大把海盐撒在蟹上，盖上盖子，上下摇晃几下，就算大功告成了。其实这些大颗粒的粗盐——当年没有精盐更没有加碘盐——并不能均匀地黏附在沙蟹身上，着了盐的沙蟹都痛苦地往上爬，渴望脱离苦海，从而把盐粒踩在脚下。第二天早上我们打开器皿时，下面的沙蟹不动了，而上面的腿脚都还在痉挛着、抖动着，有的还做垂死挣扎状想爬出来。可是把这种半活半不活的沙蟹放醋里蘸着吃，却是最最美味不过的！

　　若是下海几天都能满载而归，有人就张罗着捣蟹酱了。捣蟹酱也极简单，把洗净的沙蟹放在石臼里，拿石杵轻轻捣几下或摩擦几下就成。然后拌上大量的盐，装到坛坛罐罐里，用粽箬和泥巴封好。这种蟹酱很咸，但特别香，放几年都不坏。吃饭时，全家人只要一小碟就够了，我们用筷子头点一点，就可以下半碗饭。这种蟹酱，蘸芋头、蘸土豆，都是极好的。这对于厉行节约的家庭来说，倒是很实惠的选择。从前的长工嫌地主家饭菜太差，用方言编出几句顺口溜：咸菜无有油，鱼叩剩个头。糟鱼全是骨，虾皮净是末。蟹酱短命咸，海蜇无卤蘸……蟹酱有多咸，这里可略见一斑。

　　会过日子的农妇，每年春天都要腌两缸咸菜，几坛蟹酱，一年的荤素两菜都有了。即使来了客人，有这两道菜打底，心里也不恐慌。

　　踏蟹回家，弟弟妹妹们自然会围过来，他们趴在小木桶或竹篓旁，看沙蟹们咂咂地翕动嘴巴，吐着白色的泡泡。健硕的沙蟹会爬出来，企图逃命。弟妹们嬉笑着、尖叫着，蹒跚着去追。胆大的还拿小手去触碰它们，沙蟹便横立起身子，那对螯猛地一碰，毫不客气地去夹弟妹的小手。

　　我怕他们受伤，又不想破坏他们的欢乐。在那个买不起玩具的年代里，沙蟹是多好的玩具啊！

　　于是我抓起一只雄壮的沙蟹，用一根线在它的第二、第三只脚的缝隙间绕过，然后打了个死结，留出长长的线头，交给弟弟妹妹牵着，这样，沙蟹的脚和螯都是自由的，一点也不影响它们的活动，弟妹们像放牧牛羊一样去牧蟹。沙蟹如果跑得太快，弟妹们就拉紧线头，沙蟹如果偷懒不走，他们就用力跺脚，喊着驾！驾！并赶着它们出门，和别家的孩子"斗蟹"，比奔跑的速度，比打架的输赢，一时间，满村子都飘扬着孩子们欢乐的笑声。

　　我在瑞安机械工业学校读书时期，正逢国家三年困难时期。当时物资奇缺，我们又正在长身体的时期，每天都饿得眼睛青几几的。学校给我们的粮食掺入太多的番薯藤、水浮莲，还有一种只有薄薄一层皮，却掺着大量的打成粉末的糖蔗渣的包子。天下没有比这种包子更难吃的东西了，我们一般都是把它们掰开，把渣滓全倒掉，吃那层薄薄的却掺着不少糖蔗渣的包子皮。

　　那时候交通不便，从我家到瑞安，要走两天，还得在温州住一晚，所以自开学到学期结束，中间我们都回不起家，想从家里带点吃的更是异想天开。学校提供的菜肴是烂咸菜和包心菜壳，而且一点油星也见不着。老师们偶尔——极偶尔而已——有"特供"，一是豆腐渣，二是罐头厂剔下来的鸡头。看着那些"美味佳肴"，我们羡慕得眼珠子都要掉出来了。有一回赵筠珍老师打了一盘豆腐渣和我擦肩而过，她突然回过头来，请我去她的卧室一起吃豆腐渣。虽然不好意思，但我还是去了。那回的豆腐渣，对我来说就是山珍海味！为这个，我到现在还记着赵老师的好！

有一个星期天，同班的潘淑娥同学请我去她家玩，并说中午请我吃"蟹儿饼"——有许多地方把沙蟹叫作"蟹儿"的。潘淑娥的家离瑞安城关才5里路，我欣然应允而去。私心里却在想，沙蟹很鲜美，饼也很香甜，如果两者分开，沙蟹归沙蟹，饼归饼，那该是美妙之至的享受啊。可第一次上她家，能蹭一顿饭已经是天大的幸事了，怎么能提非分的要求呢？

我且看淑娥妈怎么做"蟹儿饼"。只见她把一堆洗净的沙蟹放在一个盆子里，然后抓两把面粉，撒在沙蟹上，搅拌一下，沙蟹的身体就挂了一层薄薄的面浆。然后生火将铁锅烧热后，淑娥妈拿起一块旧粗布使劲地擦锅底——那年月基本断油，为了防止食物粘锅，只拿破布、破网或稻草使劲地揩擦锅底，那锅底被擦得十分光滑。然后淑娥妈连蟹儿带面浆一起倒进锅里，滋的一

声，面浆结成薄皮，沙蟹们先是抗拒着，终究逃不出大火的威力，乖乖地臣服了，和面酱纠结在一起，一会儿，面皮熟了，蟹壳变红，这蟹儿饼就可以起锅了。

我举起一个蟹儿饼，对着门口的阳光照照，饼皮很薄，阳光可以穿透过来，沙蟹的神态生动异常，各个不同，且蟹体通红，闪闪发光，这个蟹儿饼像一块巨大通透的琥珀。望着被永远定格的沙蟹，心里就涌上几许敬畏。

但是顽强的食欲占了上风。我看见饼里锋利的蟹脚尖，暗想，可惜了这两把面粉。因为平日里吃沙蟹，那小尖刀般的蟹脚尖是要扔掉的，可现在把脚尖扔掉，岂不是把粘在上面的面皮也扔掉了？这太暴殄天物了。淑娥见我犹豫，说，吃啊！我问，怎么吃？她说，笑话，吃东西还要人教吗？于是她做起了示范，随意咬了一口，也不管是沙蟹的螯钳还是脚尖，咔嘣咔嘣地咀嚼起来。我问，这脚尖不扎嘴吗？淑娥说，你什么时候变得这么娇气了？扎就让它扎呗！我终于把持不住，饥不择食地吃了起来。那些蟹壳和脚尖是有点扎嘴，但经不起我们青春结实的牙齿。而且沙蟹饼太好吃了，有沙蟹的鲜美，又有粮食的香甜，这种特殊的食品从此永驻在我的脑海里，让我没齿不忘。

吃完第一个饼，淑娥妈又递上第二个。我狼吞虎咽了一阵，偶尔会感觉口腔或食道被轻轻地划了一下，不过也不把它当成一回事，毕竟年轻，身体的自愈能力是极好的，这小小的伤痕又算得了什么？

三年困难时期终于过去，人们家里有粮，肚里有食。我想起了蟹儿饼，就学着那方法，用面浆把沙蟹裹了，然后放油锅里滋滋啦啦一炸，炸得满屋生香。经油炸过的沙蟹，不管是外壳还是脚尖，全都变得松脆可口了，而且特别好吃，是大人们最理想的佐酒小菜。连小孩子也只管放心去咀嚼，"妈妈再也不用担心我的小嘴巴被蟹脚尖划着戳伤了"。

沙蟹遍地都是，只要你不怕吃苦，只管去抓，不会下海的，市场上卖得也很便宜，那才是真正的"价廉物美"，而且百吃不厌。

沙蟹不但含有丰富的蛋白质、矿物质和氨基酸，还含大量的钙。

感谢这些满海涂乱跑的小生灵，它让我们度过最贫困的年代，而且让身体和骨骼发育得那么健康。年轻时，我们摸爬滚打，跳跃腾挪，上山砍柴，下海捕鱼，从来没有骨折过，去年我在北京参加一个活动，一脚踩空翻了个跟斗从楼梯上摔下脑袋撞到对面墙上，一旁的人都吓坏了，连忙派车把我送到医院，一番检查，说并无大碍。我想，这都是得力于当年沙蟹的滋养。哪像现在的孩子，大肉大虾牛奶钙片的侍候着，却动不动就把骨头弄折了。

我到了台州以后，发现椒江的海涂太小，成不了气候，又没有伴儿，所以再也没有下去"踏蟹"过。有几次在码头等客人或看风景，居高临下，看见这些小精灵出出没没，它们有的踮着脚尖跑得飞快，有时却突然打住，警惕地打量着什么，有的则在海边的咸草上上上下下，我就有了一种特别的感觉。是亲切，是怀旧，还是还有那么一点点的伤感和歉意？

到了21世纪，不知是化工的排污，还是别的什么原因，沙蟹就很少见了。有一次，还听说有人在海涂上撒农药，沙蟹、弹涂鱼一碰到就呜呼哀哉了。去年的一天，我在一间海产品商店里买了两瓶蟹酱，兴致勃勃地拿回家，打开后尝尝，根本不是我儿时的那种味道，鲜味没了，却多出了一种怪味。一会儿，我的嘴唇发麻，舌头发麻。老伴也尝了尝，哼哼说不得了，麻了麻了中毒了。幸亏我们只尝了那么点点，否则真要出事。我们扔了那两瓶蟹酱，不禁怒吼：是谁把我们亲爱的沙蟹糟蹋成这样了？

从那之后，沙蟹几乎销声匿迹了。我思念它们，到处打听它们的下落，也常在菜市场里转悠，总也找不回旧时相识。我的孙辈认得阳澄湖大闸蟹，认得三门青蟹，吃过泰国风味的咖喱花蟹，就是不认识我心心念念的沙蟹，这不能不说是个遗憾。

有个清晨，我在菜场的路边看见一位满身泥巴的老汉，我的目光落在他身边的一个竹篓上。我的心忽然一动，于是蹲下身来，我发现了什么啊？那竹篓里，全是熙熙攘攘、咂着嘴巴吐着唾沫的沙蟹！我问他从哪里来的，回答是温岭、乐清湾旁边。我如获至宝，把那些沙蟹全买了下来。

那天我正好有课，我把沙蟹倒在教室里，让它们满地乱跑。孩子们惊叫着、欢呼着、追逐着，勇敢的去捉它们，胆小的做瑟瑟发抖状，站到椅子上。看看娇态可掬的他们，我跟他们讲沙蟹的故事。想想看，孩子们会写出怎么生动的作文啊。

大营救

　　退潮了。稀软的海涂一派蓬勃的生机：尖尖的海蛳忙碌着，画出一道道细细的、优美的弧线；薄壳泥螺总是在人的脚印窝窝水里潜行，然后悄悄地停在水窝的一角；蛏子迎着太阳伸出长长的腹足，淘气地将一支支水箭射向天空；而红脚蟹则高举着通红的大钳，横行在海涂居民之间。

　　最兴高采烈的要算弹涂鱼（又名弹胡、跳鱼）了，它们像玩蹦蹦床那样蹦跳着，又像滑雪般在涂面上滑行着，一会儿游弋在水洼里，一会儿扎进泥涂中，片刻之后又从一个意想不到的地方

蹿了出来……

灰弹涂鱼是其中最活跃的一条。它浑身铁灰，身形矫健，头上顶着两只机灵的凸凸的眼睛。这时候，它发现前面有个光溜溜的、人类大拇指那么大的洞洞，顿时亢奋起来，它高高地弹跳起来，瞄准了那个洞洞，一头扎了下去！

它的头碰在一个硬邦邦的东西上，顿时满眼金星乱冒，但它的脑子还没有糊涂：它落到一个陷阱里去了，这个陷阱有一个坚硬的、不可穿越的底部。它试图向周围突围，但周围同样是硬邦邦的，像钢板围成的堡垒岿然不动。

它尽力屈起身子，幸亏它的身体是这样的柔软和富于弹性，让自己掉了个头，现在，透过洞口，它可以看到蓝天白云，可以呼吸到新鲜的空气。而同时，灰弹胡也看到自己糟糕的处境：它掉到一个竹筒里去了，这个竹筒的深度是它体长的四五倍。

"好稳勿稳，弹胡钻竹管"。（台州方言，管音 gǔn）灰弹涂鱼忽然想起人类的这句谶语。往日里，它常常目睹讨小海的人背着一捆捆谶语般的竹筒，把竹筒一个个斜插在涂泥里，再在竹筒口抹上一层阴谋的涂泥，单等粗心大意的弹涂鱼自投罗网；它怎么就把这个忘得精光呢？

求生的本能使它奋力向上跳跃，可是竹筒太窄，限制它技能的发挥。有一次它差不多已跳到筒口了，却被无情的竹筒壁碰了回来，它鼓起了腮帮子，绝望地叹息着：好稳勿稳，弹胡钻竹管！

一条美丽的、浑身天蓝色的小弹涂鱼轻快地蹦跳到筒口边，灰弹胡虽然又累又疼，却立即振奋起精神，发出只有它们弹涂鱼家族才听得懂的讯号：危险，别过来！

小蓝探了探脑袋，发现了身陷囹圄的伙伴，急得乱蹦乱跳，可是一点办法都没有，只得快快地离开，找它的亲朋好友去了。

一会儿，竹筒口已聚集了一大群弹涂鱼。一条特别雄伟的、全身装饰着斑斓圆点的弹胡王围着洞口转了几圈，然后静静地凝视着陷阱，仿佛在考虑着什么。一会儿，"花斑王"甩甩尾巴，胸有成竹地和另外几条弹涂鱼碰碰脑袋，显然，一个营救方案形成了。

花斑王来到陷阱上面，撑开两个健美的胸鳍，紧紧地趴在竹筒口，整个身子就十分危险地悬向了竹筒里边，那模样就像人类伸开双臂悬挂在井口。然后花斑王又将尾巴甩出筒口，就有一条青弹涂鱼滑了过来，咬住了花斑王的尾巴，接着，一条白肚子弹胡又咬住了青弹胡的尾巴，最后是那条美丽的小蓝；它们首尾相接，连成一条"弹胡龙"了。"龙体"扭曲着、摆动着，向竹筒口移去，先是小蓝的身子毫不畏惧地下到那个陷阱里，接着是白肚，随后是小青，花斑王除了脑袋和胸鳍还露出筒口，身子也吊下去了。

竹筒里漆黑一团，最下边的小蓝只得用尾巴探索着，拍打着。落难的灰弹胡一开始不明白发生了什么，它只是蜷缩在竹筒底，万念俱灰地准备束手就擒。小蓝孜孜不倦的轻拂让它燃起了生存的希望，它振作起来，一口咬住了小蓝的尾巴。

小蓝激动地颤抖着，把这个信息往上传递，白肚、小青也颤抖着，把这个信息报告了花斑王。

花斑王仅仅靠一对胸鳍，支撑着自己的身子，而它的身子，又承载着一连串弹涂鱼的性命和重量，它太累太险了，只要一个滑脱，它和同胞们就会掉进陷阱而全军覆灭。

现在它可以向外爬行了。它像一头老牛，却拖着一辆又一辆串联在一起的板车。它奋力地爬着，爬着；终于，它自个儿的身子出来了，但它知道丝毫松懈不得，下面还有几个兄弟呢。它继续向前爬着，它的心脏因为超负荷运转而怦怦狂跳，一张一合的呼吸让它露出了血红血红的鳃。

收竹筒的讨海人来了。花斑王想，它们这个样子很可能要被一网打尽。如果现在丢掉朋友们，它可以逃之夭夭；可是它能这

样做吗？

它怀着一种壮烈，继续向前爬行着。小青出来了，白肚也出来了，小蓝也出来了。花斑王像一个火车头，拉着一节节车厢，前进，前进。

那讨海人的大脚板差不多踩到它们身上了，就在这一刹那，花斑王和它的兄弟们一个冲刺，把那条倒霉的灰弹胡拖出了竹筒口。就在这个讨海人伸出大手去抓这一条弹胡长龙时，弹涂鱼们一哄而散，并以极快的速度一下子扎进了柔软安全的涂泥之中。

海蛳、泥螺、蛏子、红脚蟹，都以自己的方式忙碌着，海涂上一片升平，仿佛什么也没有发生过。

趣说虾蛄

　　虾蛄的别名很多。因为它长着两把和螳螂一样的大刀，有人就叫它"螳螂虾"；它静静趴着的样子颇像一架古琴，所以又有人喊它"琴虾"，有一种尾部较圆的虾蛄像个琵琶，因此又有"琵琶虾"之称。我在北戴河的排档上看到和我们台州一模一样的虾蛄，标写的却是"皮皮虾"或"屁屁虾"！

　　它老爱佝偻着个身子，又有人称它"虾佝弹"，大概这"佝"字不如"狗"字通俗，所以台州人才叫它"虾狗弹"。名字虽千变万化，但万变不离其"虾"。

　　它和虾确实算得上近亲，它从头到尾都披着盔甲，只是虾类的盔甲比较软弱，而虾蛄的盔甲却十分坚硬，周边还长满棘刺。它总是张牙舞爪，咄咄逼人，我们在小贩的塑料盆里抓它，一不小心手指就被它弄出几个小洞；就是煮熟了，它还是一副"虎死威不倒"的样子，让品尝它的人望而生畏，也常常让勇敢的啖者手指挂花，口唇流红。于是它又有个叫"满口红"的别名。

　　别忘了虾狗弹还有一个"弹"字。瞧，它要中流击水了，啪的一声，它腾空而起，水花四溅，生猛吓人。它能轻而易举地从围困它的深桶里突围而出，也可以从买卖它的塑料盆里蹦到地上，让人觉得它既是跳高健将，又是跳远冠军，还是个玩蹦极的高手。

　　虾狗弹的美味、营养价值还有它不十分昂贵的身价，注定它成为餐桌上的常客。从前没有海水养殖，平日里虾狗弹瘦瘦的。秋风起，菊花黄，尤其是下雪霰籽的日子，才是虾狗弹最肥美的时刻，它们一般能长到四五寸，偶尔也可见七八寸尺把长的。20世纪没有保鲜技术，虾蛄和海蟹、海虾们一样，离了海水是要死的。只因为天气寒冷，放上一天两天并不变质，烧起来满屋生香，吃起来鲜美异常。

　　那时候大家都穷，肥硕的虾狗弹进不了寻常百姓家。鱼贩子把挑剩的瘦小虾蛄放在石臼里轻捣几下，拿大盐腌了。腌虾蛄咸咸的、香香的，并不失鲜美，是最理想的下饭菜。我母亲偶尔也买一些，千叮咛万嘱咐是下饭的，不许当零食吃掉。可我们馋虫痒痒的，哪里等得了？趁着母亲不备，抓起一根就把它的脑袋拧下来，揪出一条盐水滴滴的虾肉塞进口中，那种美好的滋味，我一辈子也忘怀不了。

　　记得我在瑞安上学的时候，正是国家三年困难时期。一个冬日，我在瑟瑟寒风中准备横穿一条繁忙的马路，我发现几个馋坏了的孩子正追着一辆拉着腌制虾狗弹大桶的板车跑，突然一声惨叫，一个女孩被卡车撞飞了，等她落地，已经气绝身亡，血泊中，散落着一只只盐水淋漓的咸虾蛄！

　　虾狗弹的美味是无法抗拒的，可第一次见它的人却被它的相貌镇住了。一次我们在大陈岛活动，正值春汛时节，晾晒的虾皮里有许多炊熟的虾蛄。我问渔妇，这虾狗弹卖吗？她答，卖。我就到附近的小店里要了只纸箱，蹲在竹簟里，把虾狗弹捡了满满一箱。

　　晚上空下来，我把自己关在屋里，剥吃着虾蛄自得其乐。我又抓了一大把，给隔壁的蔡、郑两位先生送去，哪知这两位大男人见了，惊呼：什么怪物这么面目狰狞啊？快拿走！我说，你们尝尝，好吃着呢！他们不信，坚决将我的好意拒之门外。回屋后我越想越不服气，两个黄岩人，竟然不识虾狗弹！于是我静下心来，动手将虾蛄净身。

　　我先将虾狗弹的头、尾拧去，然后让它腹部朝上，我的两个拇指同时使劲，将它的甲壳往后按压，把它的肉整条剥离出来，我用一个碟子装了，顽固地送到隔壁去。这一回，两位大男人算是接受了。

　　一会儿，有人来敲我的门。竟是隔壁的蔡、郑两位，他们喊道，钱国丹，还有那、那什么虾狗弹吗？

　　我在屋里回答说，有，就是不给你们了。他俩就在外边说好话，我被磨不过，还是开了门，给他们装了一薄膜袋，说，自己剥去，我可不再替你们服务了。

　　记得胡明刚第一次上我家，看见我餐桌上的虾狗弹，惊讶地问，这是什么虫啊？我说，这不是虫，是海鲜。他又问，是什么鱼啊？我说也不是鱼。我把虾狗弹大小芳名报了个遍，然后示范怎么对付它。胡明刚很谦虚，他急用先学，很快掌握了方法，并没有弄得鲜血淋漓狼狈不堪的。

　　虾狗弹的做法很多，清煮、椒盐、红烧、油炸，没有不好吃的。如果把它们的肉剥出来，和其他东西配菜，更是别有一番风味。我怀念儿时的腌虾狗弹，就买几根活鲜的来，剁成小块，加些盐、醋和姜丝，一拌即吃——若有芥末则更佳，一点也不比大龙虾差。

　　虾狗弹还有许多故事呢。相传宋朝末年，元兵大举南侵，宋端宗和残兵败将逃至海边，元兵穷追不舍。眼前是海浪澎湃的东海，又无渡海的船只。端宗仰天长叹：天绝我也！又说，何人能来救驾，朕必封它为王。话音刚落，海面上冒出一只虾蛄王，带领数百虾蛄，浩浩荡荡地来了。端宗惊魂未定，却见大小虾蛄变成大小船只，君臣们喜出望外，争先恐后登船离去。皇帝和群臣

平安脱险，长长地松了口气。虾蛄王开口道：启奏万岁，该给我
们赐封了！逃亡皇帝身无长物，只得摘下头上帽子抛入海中。从
此，虾狗弹的脑袋就像戴了皇冠一样，威风凛凛。

　　我娘家却流传着另一个故事：一女虾狗弹头一次做新娘，
不知该把男方送来的凤冠戴在哪里，外面鼓乐喧天，男方催得好
紧。情急之中，女虾蛄就将凤冠当作小裙子穿在屁股上，还自称
是"龙头凤尾虾"，给老公一个惊喜。傧相水潺鱼一见它这副尊
容，笑得前仰后合的，结果把自己的下巴笑得脱臼，再也收不上
去了。

　　水潺何许鱼也？它软滑如水，白嫩如豆腐，因此又有人叫它
"豆腐鱼"。这样软儿吧唧的鱼，竟敢如此嘲笑虾蛄小姐？

　　水潺的厉害就是一张嘴，这张嘴挺大，长满了细细密密的
牙齿，它一张开，虾狗弹就像老鼠见了猫，吓得缩作一团，水潺
将它囫囵吞了。水潺的身体软糯，食道和胃却异常坚韧，它们分
泌的消化液，能将虾蛄的铠甲变软，然后慢慢地把它们的肉体吸
收掉。

　　可见世间万物，本就是一物降一物的。柔能克刚，也算是一
条真理吧。

牛　事

　　每当我在湿滑的田塍上和牛们擦肩而过的时候，它们那温驯的眼神，那逆来顺从的样子，那被绳子勒得歪斜了的鼻翼，总让我心里隐隐作痛。

　　鲁迅先生曾说牛"吃的是草，挤出来的是奶"。他那是指奶牛。公牛和非哺乳期的母牛，是怎么挤也挤不出奶水的。但是我觉得奶牛的日子还算惬意，整天吃着鲜嫩的青草——你给它鱼肉膏粱它也不要呀；而且什么活都不用干。那年月我下放在农村，我做乳母就比它们辛苦多了，吃的是粗茶淡饭，不但要为婴儿提供充足的乳汁，还要插秧割稻挖番薯挑大粪呢。

　　画家从来不画奶牛，他们笔下的水牛、黄牛都是唯美的：形体健壮，皮毛光亮，腿脚和牛角孔武有力。牛背上往往还驮着个牧童，一根长笛横在牧童唇下，人和牛都是悠闲潇洒的。

　　可是我从来没见过我们家乡的放牛娃骑过牛。那时候耕牛是农村主要劳动力，它们一天到晚地犁田、拉磨、拉水车，忙得连喝水的时间都没有，你还忍心去骑它？你自己没长腿不会走路吗？

　　那些年，生产队里置不起拖拉机，每年两季稻子一季麦子，翻田、耙田、耧田都是黄牛的活。牛轭是用自然弯曲的杂木做

的，强硬坚韧无比。犁田时，这没有任何包裹的牛轭架在牛的肩颈上，犁手们厉声吆喝着，凶狠地鞭策着，逼迫它们拖着沉重的犁铧，在水田里深一脚浅一脚地跋涉。

时间一长，牛的肩颈就磨破了。那时候的农民还在温饱线上挣扎，心硬肠冷，没人会给牛的伤口敷药。他们往往自顾不暇，我们的生产队队长阿波插秧时，一脚踩在一块碎玻璃上，他哼了一声坐在田埂上，我亲眼见他拔出那片嵌得深深的半环状玻璃，然后把伤口里的烂泥和鲜血往外挤。接着他一跛一拐地仍然出工，那伤口就很耐心地化脓，腐烂，拖了半年，居然自己长好了。所以牛肩颈上那点创伤，根本不算回事。

有阵子广播里天天嚷嚷农业学大寨，要把荒山变成米粮川。黄牛们被牵到山里，耕那些荆棘丛生、板结铁硬的荒地。它们强撑着筋骨，没日没夜没命地干。除了青草，没人给它们增加半点营养。日子一长，它们被折腾得不成样子了，毛色凌乱，肩胛骨和胯骨像岩石一样突兀。最惨不忍睹是那皮开肉绽的肩颈，两指多宽的鲜肉裸露着，该死的牛虻们还趁火打劫，它们成群结队地落在伤口上，大啖其血。饶这样了，也没人给它们的伤口涂点药水，扎块纱布——那时候村子里根本没有这类奢侈品；也没人想到要给它们放一天半天的假！

牛是善良的牲畜，再怎么苦怎么累都认命。它们不好斗，只是在无聊至极的人类唆使、挑逗下，才有可能拼个你死我活。我最见不得那血腥场面，去年在西班牙旅游时，旅游团不经我们同意就安排了参观斗牛，我宁可浪费了那几百元门票钱，也拒绝去欣赏这"惨无牛道"的恐怖场景。

以前的人爱拿知识分子开涮，比如"五谷不分，四体不勤"。其实，各行各业都把自己这行干好了就行了，为什么非要去辨认哪是韭菜哪是麦苗？我上小学四年级时，我们的班主任兼语文老师在课堂上（他忘了自己也算半个知识分子）又是摇头晃脑又是比画着说：一画家画了两头牛打架，愤怒的牛把尾巴举得高高，像竖起的旗杆。一牧童见了这画就笑道，错了错了，牛打架，尾巴是夹在屁股里的！

语文老师坚定地站在贫下中农一边，肯定打架的牛尾巴非夹在屁股里不可。

但是我们家乡的牛都很友善，我们村的牧童如果敢唆使牛们打架，早被阿波一巴掌打得满地找牙了，所以我们都没见过夹在屁股里的牛尾巴。但对班主任的信誓旦旦，我却一直想探个究竟。到了我成人远嫁到一个山区之后，有一天听到外面纷纷扬扬说有两头牛在溪滩里斗上了。我即刻抱着我五个月大的儿子，奋不顾身地朝溪边狂奔而去。这一回我清楚地看到了斗牛，它们的尾巴并不是像旗杆那样竖起来，也不是紧紧地夹在屁股里，而是愤怒地甩过来甩过去！

　　牛怕走山路，尤其是疲惫不堪的时候，脚一打滑就会摔下山去。牛一摔伤，基本就被判处死刑了。那时候居民吃肉凭票，农民却什么票都没有，所以牛摔伤了农民固然心痛，但也窃喜，因为总算能捞着几块牛肉打回牙祭了。

　　耕牛老了，等待它的就是被宰杀的命运。我上小学时，要路过一个屠宰场，场外一条明沟里总是血水汩汩。牛是聪明的牲畜，平日里走这条道，都是一副世事洞明的淡定。那一天我和这头牛同路而行，赶牛的阿波遇上个熟人，便说，这牛耕不动地了，把它赶到屠宰场去……

　　牛是能听懂人话的！阿波的话刚一脱口，那牛就不走了。阿波骂了一声，转到牛前，使劲地拽着牛绳，牛却用前蹄紧紧抵住路面，再也不肯前挪半步。我顾不得上学迟到，站在一旁傻傻地看着。阿波又是鞭打又是拽绳，那牛就是岿然不动。于是阿波把牛丢在一边，一阵风似的跑进了屠宰场，一会儿就喊来两个穿着皮围裙的屠宰工人。两个屠宰工站到牛臀后面，阿波站牛前拉着牛绳。他喊：一，二，三！几人同时发力，屠夫推着牛臀，阿波死拽牛绳，牛鼻子被拉豁了，殷红的鲜血大滴大滴地往下掉，就是不肯挪步。两屠夫又是鞭打又是猛推，老牛趔趄一下，大概是支持不住了，它对着阿波突然双膝一弯，端端正正地跪下，两行浊泪沿着它瘦削的脸颊，蜿蜒而下……

　　我的心像是被划了一刀，痛得不行。我坏坏地想，老牛为何不学学马和驴，抬起后腿把屠夫踢个人仰马翻？它为什么不用尖锐的双角，把阿波顶个四脚朝天，然后逃到深山老林里去……难道说，它命中注定的只能是鞠躬尽瘁，到老了还得奉上自己的血肉之躯？

若干年后，农村活泛了，乡亲们八仙过海，各显神通，家家户户的日子都宽裕起来了。已经分田到户的土地又集中起来，被一些能干的农民承包了，耕种、灌溉都机械化了，耕牛逐步从人们的视线中淡出。我每次回娘家，极少有和牛擦肩而过的那种感觉、那种复杂的场面了。

去年清明我回老家扫墓，一路上只见流水淙淙，山花烂漫。弟弟妹妹们告诉我，从前开垦的大寨田，都已经退耕还林了。我漫步在香樟和翠竹林中，空气清新得微微颤动，让我恨不得掏出肺来好好洗一洗。

一个绿茵茵的草坪上，五条黄牛在悠闲地吃草。它们的脸上没有疲惫和哀伤，腿上没有泥浆和牛屎，肩颈上没有牛轭和伤痕。我又举目遥望山下的大田，拖拉机正在欢快地奔忙着。回看

这些逍遥的牛们，我感慨万千。正想着，发现一位老农提了一桶泉水，倒在一只石槽里供牛饮用。

我认出了他就是当年的阿波队长。我问，阿波叔，你这是……？

阿波很慈蔼地抚摸着一头牛的肚子，说，我们从前亏待了它们，太亏待它们了。现在，我就养着它们，我乐意这么养着它们。你看，它们长得多体面，多养眼啊。

从老人的脸上，我看出了他对牛的深情，看到了人类对牲灵的敬畏。

再说一个关于牛的真实故事。今年早春的一天，我们单位组织了一次活动，地点在仙居县白塔镇景星村。那是个真正的农村，偏僻、幽静，充满着原始味道。午饭后，来了一姓潘的白发老人，说是要带我们上山走走，看一道我们绝对没见过的稀罕风景。

我们揣着一颗好奇心，跟着他出了村，沿着枯草衰杨的山道转了一会儿，一个特高大特圆实的坟墩入目而来。坟前立一碑，上面用血色的红漆赫然写着：牛冢。我们惊诧不已，潘家老人给我们讲了这么个故事：

潘家世世代代居住在山下的景星村。上溯七世祖，他们的老祖宗除了农耕，还兼作采石生意。那一天，潘家12岁男娃上山放牛，没多会儿，却被黄牛用角挑着回家。孩子浑身是血，人事不知，牛头牛脸上也是血迹斑斑，一片狼藉。孩子的父亲以为是黄牛疯了，用牛角挑死了他的孩子。悲愤让他失去理智，他抢起了砸石头的大锤，三两下就把黄牛的脑袋砸碎，脑浆迸裂……

男孩苏醒之后，说起这天的经过。原来他像平日一样在山里放牛，哪知密林中突然冲出一头猛虎，叼起他就跑。平常里貌似窝囊的黄牛救主心切，冲上去用犄角和猛虎拼命战斗。几个回合下来，老虎不敌，丢下男孩落荒而逃……

主人后悔不已，念及黄牛一辈子勤勤恳恳，到头来却冤死在他的铁锤之下。一千个懊悔一万个痛心也没用了，于是就筑了这个大坟，安葬了黄牛，并立了石碑以兹悔过和纪念。

有的人活着，总是爱说话爱表现。但是有的情，说出来就轻了，有的事，一表现就浅了。牛是不会说话、不肯表现的，所以更显深刻，更值得我们尊重。

杜鹃声声

　　春节刚过，我就听到杜鹃的叫声了。唐诗里说：春眠不觉晓，处处闻啼鸟。可桃红柳绿离我们还有些日子，杜鹃们却不耐寂寞地骚动起来了。或者说，它们一年都没怎么消停过，就是在北风萧瑟的冬日里，我也听到过两三声杜鹃的啼声。是地球变暖了，还是现在的生存条件优越了？杜鹃们不必为生计而奔波，为逃命而惊魂，一个个养得膘肥体壮的，憋胀得早早地往外冒劲儿了。

　　杜鹃的种类很多，常指的是杜鹃亚科和地鹃亚科，有60余

个品种。它们生活在全球的温带地区和热带地区，东半球的热带地区分布尤为广泛。我们中国就有鹰鹃、四声杜鹃、大杜鹃和小杜鹃等。

关于杜鹃的传说很多，关于杜鹃的歌儿也不少。20 世纪 60 年代，有首脍炙人口的波兰民歌是这样唱的：

> 小杜鹃叫咕咕
> 少年把新娘挑
> 看它鼻子朝天
> 永远也挑不着
> 咕咕！咕咕！
> 啊恰！乌恰！
> 奥的里的……乌恰！

把一个轻薄无知的少年描绘得惟妙惟肖。

而我们上小学时，每一首歌都讲究宣传效应的，例如：

> 布谷鸟，布谷鸟，早也叫来晚也叫，
> 叫醒公公下田垄，叫醒爸爸把田耖。
> 咕咕，咕咕！
> 今年春耕要提早，
> 咕咕，咕咕！
> 爱国公粮要做到。
> 布谷鸟，叫声高，
> 叫得人人都欢笑，

支援国家多打粮，

男男女女都荣耀！

布谷鸟是杜鹃的一种，咕咕咕——咕！咕咕咕——咕！凭这叫声，我们明白它就是"四声杜鹃"。我们这儿的山坡上、田野里，到处都可听到四声杜鹃亲切友好的声音。因为这叫声像"布谷布谷"，所以一直为人们所喜欢。历代的诗人、艺术家们也热忱地赞美它们，仿佛它们真的担任着催人播种、促使五谷丰登的神圣职责一样。

杜鹃其实是胆怯的鸟儿，很怕人类和兽类的居心叵测。它们通常躲在茂密的灌木丛中，让我们只闻其声，不见其形。杜鹃们喜食昆虫，尤其酷爱松毛虫，应该说是松树等树木的保护神。可从前人们嘴馋，上山去打了来，吃它们肥嫩鲜美的肉。如今大家都懂事了，晓得鸟儿是我们的朋友。于是鸟儿的生存环境宽松了，杜鹃的胆子就大了，竟常常入住到人口稠密的地方来。我们小区里就住着几只。小区的屋顶十分辽阔，它们可以优哉游哉地在上面踱着方步，居高临下地鸟瞰着我们这些芸芸众生。

家乡流传着这样一个故事，说一俊俏的女孩父母早亡，嫂嫂妒忌她的美貌，趁她打水时把她

推进井里去了。一旁的小侄儿吓坏了，他跳进水井里想救起姑姑，结果把自己也给淹死了。他变成一只杜鹃，整天凄惨地叫着：姑姑苦！姑姑苦！

然而文人却是这样杜撰杜鹃的：周末蜀王杜宇，号望帝，失国而死，其魄化为杜鹃，日夜悲啼，泪尽继以血，哀鸣而终。后人以"杜鹃啼血"比喻这种哀伤……

两个故事都很凄美感人。然而我却认为，杜鹃的叫唤和这些故事毫不相干。它们的啼叫主要是生理需要，是对配偶的企求和召唤。春天到了，春心萌动了，生物们都该找个合适的伴侣生儿育女，传宗接代，杜鹃们也不例外而已。

然而杜鹃对爱情的认真和执着，倒也让我感动。它们相互考察过程格外地长，几乎从正月开始，一直到阳春三、四月。

那时候我家住在枫南小区，那些建筑都是五层楼。我曾经被它们如泣如诉的求偶声干扰得什么事都做不成，于是就循声去觅它们的踪迹。我站在南窗旁，发现前屋的屋顶上孤零零地站着一只杜鹃，我转到北窗下，发现后屋的屋顶也站着一只形单影只的杜鹃。它们遥遥相对，彼此不住地召唤着，那声音抑扬顿挫，一咏三叹；好像在讲述一个遥远的故事，又好像在互诉思慕衷肠。有时候杜鹃先生会拍拍翅膀，飞到杜鹃小姐所在的屋顶去，然而杜鹃小姐不知是作秀还是害臊，它振翅飞到西边的一个屋顶上了，然后又开始一和一鸣，一咏三叹。

随着天气暖和，它们的啼声也越来越急，越来越频。日复一日，从东方刚亮到夕阳西沉，它们就这么孜孜不倦、不屈不挠地啼鸣下去，直到有情鸟终成眷属。我这才明白为什么会有"杜鹃啼血"一说。而杜鹃对婚姻和性的慎重，又让人肃然起敬。

但是杜鹃的性格是非常复杂的，它们还有着为人不齿的恶名声：既懒惰，又阴险狡诈。它们自己不营窝，只把卵生到各种和它们差不多大小的鸟巢中，把孵儿育女的重担悄无声息地转嫁给别人。光是这样还不够，狡猾的母杜鹃会把巢主的一枚蛋偷偷转移掉，以保持总数相同，让巢主看不出破绽。傻乎乎的巢主却一心一意地在孵卵，一点也没发现家里混进来一个杂种。等到雏鸟们出壳后，巢主夫妇又辛勤地四处觅食，以养育这群嗷嗷待哺的黄口小儿。令人难以想象的是，出生没几天的雏鹃竟遗传了母亲的险恶，只要它的养父母不在家，它就会埋下身子，用还没有长出羽毛的、肉肉的小翅膀铲起养母的亲生儿女，把它们一个个推出窝外摔死，为的是把养父母猎获的食物独占独吞。

世界上竟有这样无耻的谋杀者！简直让人毛骨悚然！

然而我们也不能以偏概全。龙生九种，各个不同。杜鹃们也是如此。许多负责任的杜鹃都是非寄生性的。在北美洲，有广泛分布的黄嘴美洲鹃和黑嘴美洲鹃；在美国佛罗里达州的南部海滨、西印度群岛、墨西哥至南美北部，一种小美洲鹃也是自己筑巢的。中、南美洲诸如蜥鹃属和松鹃属等12种地鹃，东半球的13种地鹃，也都是在低矮的植被中，用树枝筑起自己漂亮结实的爱巢；而杜鹃先生和杜鹃太太，恩恩爱爱地一块儿孵卵，一块儿养育自己亲爱的宝宝。

所以，我们不能把所有的杜鹃都当成恶魔。正像希特勒发动了惨绝人寰的法西斯战争，使得多少美好的东西被摧毁，多少人家破人亡生灵涂炭。但我们并不会因此而咒骂整个日耳曼民族是流氓和嗜血者。

我 觉 我 悟

多是高飞得意时

　　蜘蛛是个丑东西。没有色彩，没有翅膀，没有声音，阴沉沉的，像个小小的符咒。小时候我们捉蜻蜓玩，捉蝴蝶玩，捉金龟子、叩头虫玩，就是没人捉蜘蛛玩。蛛丝也很讨厌，一不小心粘上了，很难除掉。有一回，一截蛛丝不知怎的混进了我85岁的太外公的喉咙里，我的太外公是个健康英俊的老头，可被这截蛛丝弄得恶心呕吐眼泪鼻涕的，体面失尽。大人们手忙脚乱，听从各种教导和偏方，分头去找白酒、米醋、姜汁、红糖，试了许多

方法，费了九牛二虎之力，才把它弄出来。

所以母亲一旦发现蜘蛛和蛛网，绝不心慈手软。她高举扫帚把它们卷了下来，那蜘蛛一旦落地，就想落荒而逃，可被母亲一脚踩住，啪的一声，一命呜呼了。

童年的我非常盼望能有一个捉虫的网兜。可是那时候家里穷，没有闲钱让我买这不抵吃也不抵穿的玩意儿，父母的心情也不好，他们没有闲情逸致为我制作一个捕虫网。于是我自己动手，弄到一根细竹竿儿，拿铁丝在上面绕了两个同心圆圈。我拿着这个网兜架子，到处寻找蜘蛛织的八卦网，见一个，下载一个，再三再四地下载，我的捕虫网就牢不可破了，举着它去粘知了，粘纺织娘或大蚱蜢，一粘一个准。

我们毁了多少个蜘蛛家园啊！可是蜘蛛们不会抗议，它们连哼哼一声也不会，但是它们不屈不挠，前赴后继，过不了多久，同一个屋角，同一方檐下，又重新出现它们的天罗地网。

有一种叫"黑寡妇"的蜘蛛特别厉害，它稳稳地坐在它的八卦阵中间，眼观六路，耳听八方，只等蚊子、苍蝇、牛虻和蜻蜓们送上门来。倒霉的虫子们只要撞上了，绝无生还希望。有一回，我看见一个色彩斑斓的琵琶龟，风度翩翩地落在蛛网旁边，它大概把这张网当作一架琴了，伸出一条腿，潇洒地弹了一下，可是它这个玩笑开大了，黑寡妇像离弦的箭一样射了过来，一把抓住这比它大得多的花花公子，狠狠地吮吸起来，一会儿，一个完整而美丽的琵琶龟的空壳，在蛛网的边缘随风轻轻颤动。

蜘蛛是女权主义者，雌蜘蛛稳坐钓鱼台，单等异性上门求爱。蜘蛛先生知道蜘蛛小姐性情暴戾，他的求爱显得小心翼翼。他先在网络边缘试探一下，如果蜘蛛小姐怒气冲冲地赶过来，蜘蛛先生就会选择逃避，如果蜘蛛小姐默许了，他才慢慢地向中心移动，但还是战战兢兢、如履薄冰。终于来到了蜘蛛小姐的身边，他又是抚摸又是拥抱，千方百计地获得姑娘的芳心。他们的婚礼热烈而疯狂，但是，就在性事刚刚完毕之际，雌蜘蛛就毫不留情地把丈夫给吃掉了，心安理得地做她的"黑寡妇"。

凡此种种，让我们对蜘蛛没有好感。

可是有一回，母亲在搬动屋角的一口水缸时，被藏在缸底的蜈蚣咬了一口，食指顿时就肿得像个透明的红萝卜。她又怕又疼，继而又感到心慌、喉干、头晕目眩。正当我们惊慌失措时，母亲望见屋角的一只蜘蛛，豁然开朗，她指着这只蜘蛛哼哼说，让蜘蛛把毒汁吸出来吧。

于是我们抓了那只黑寡妇，把它放在母亲的手指上。也许是记恨着母亲过去的绝情，也许是害怕招来杀身之祸，黑寡妇看也不看我母亲的伤口一眼，扭头就跑。我们把它捉回来，放回母亲的伤处，可是黑寡妇坚决不肯就范，屡捉屡逃。

我拿了一只小酒盅，把这只黑蜘蛛扣在母亲的食指上。也许是无路可走了，也许是天性使然，它竟然抱住母亲的手指，吮吸起来了，母亲觉得手指不断地减压，不断地放松，疼痛感也随之越来越轻，浑身的症状也慢慢地消失了。

揭开酒盅，发现蜘蛛的肚子鼓得很大，里面全是从我母亲手指上吸出来的毒血。怀着感恩之情，母亲说，我们可要还它一命！她让我打了一盆水，把蜘蛛放在水里，让它排毒。我们看到了一个很有趣的现象：蜘蛛在水里很快地游着，一边不断地扯出丝来，它绕着脸盆转着圈，马不停蹄地转着，哈，它想在水里织网呢。可是脸盆里的水并不配合，那些蛛丝随着水波飘飘悠悠，总也结不成网。

　　有一次，父亲不知从哪儿弄来一笔记本送给我，这是我生平最奢侈的一个本子了，纸质优良，印刷精美，每隔几页就有一幅齐白石先生的花鸟插图，且每个画面都有配诗。其中一幅图画是蜘蛛和它的网，下面缀以几茎鸡冠花。在这以前和以后，我从没见过哪个画家去画蜘蛛和蛛网的。笔记本里那么多的诗，我都记不得了，只记得这一首：

　　　　　　屋角新添雨后丝，
　　　　　　张罗不肯避晴曦，
　　　　　　可怜蜂蝶频入网，
　　　　　　多是高飞得意时。

　　之后我看蜘蛛，总觉得它像一位哲人。

天下乌鸦

乌鸦又叫老鸦、老鸹。

乌鸦的体型较大，羽色纯黑，喙及足都十分强壮。天下鸦类有百余种，它们广布于全球的每一个角落。中国就有大嘴乌鸦、秃鼻乌鸦、白颈鸦、寒鸦和渡鸦，等等。

中国人不喜欢乌鸦。究其原因，不外乎以下三点。其一，叫声难听。一开口，哇！那么刺耳，那么粗暴。乌鸦若有自知之明，应该把嗓门收敛点儿，可是它不，毫无顾忌地大喊大嚷，谁受得了？

其二，长相丑陋。漂亮如孔雀、雉鸡、金丝鸟、七彩文鸟、天堂鸟和红嘴绿鹦哥等，它们的毛羽斑斓绚丽、花枝招展；朴素如画眉、燕子、白鹭、丹顶鹤

们，多少也给自己弄出点花样或亮色来，哪像乌鸦，浑身上下密不透风地黑着，像刚从污水沟里捞出来一样，叫人不忍卒看。

其三，就是名声狼藉了。乌鸦有强盗作风，自持个大力壮，抢别鸟的蛋，吃别鸟的雏，强占人家鸟巢，蛮横霸道，无恶不作。

中国人还有一说：乌鸦是死亡和不祥的使者，是报丧鸟、晦气鬼。谁哪天遇见它了，或一大早听到它粗鄙的叫声了，就觉得忐忑不安，甚至心惊肉跳。本来要出门的不走了，本来要办事的打住了。嘴里呸！呸着，"百邪尽消、百邪尽消"地念咒避邪，仿佛乌鸦是巫鬼，真会带来灾祸一样。

跟乌鸦有关的词语，也没有一个是好听的，如"乌鸦嘴""乌鸦贼""乌鸦聒噪"，最常见的恐怕就是"天下乌鸦一般黑"了。

童年的我也忌讳乌鸦，我把它们的叫声翻译成"倒霉啊！出事啦！"因而毛骨悚然。我也曾跟邻居一样，看见乌鸦就扔石子，挥杆子，必得把它们打跑而后快。

每次这时，母亲就跑出来教训说：乌鸦是在提醒你：小心啊！仔细啦！你别把它的好心当作驴肝肺。虽然有了这种诠释，但我还是讨厌乌鸦。

台州有句俗语，叫"赚吃的是嘴，赚打的也是嘴"。乌鸦因为嘴巴不好已经挨打了，和乌鸦形成鲜明对比的，是喜鹊的巧嘴。喜鹊一开口就是"吉祥吉祥"，好像是奴才向主子请安呢。就凭这"吉祥吉祥"，谁听了不喜欢？所以作画的、剪纸的、雕刻的、织锦的，总要请喜鹊荣登大雅之堂；连牛郎织女七七相会这样光荣而神圣的礼仪，也必得恭请喜鹊执行；我们家乡这一天还要专门做一种点心，扔到屋顶犒劳喜鹊呢。

　　不过，甜言蜜语往往是骗人的。有一回我上学去，喜鹊站在对面的树梢上，长尾巴一翘一翘地对我喊着："吉祥吉祥，小姐吉祥！"我一高兴，活蹦乱跳得手舞足蹈，结果摔了个嘴啃泥，半天都起不来。后来我学会了越剧《梁祝》中的唱段，"喜鹊满树喳喳叫，向你梁兄报喜来"，可是等着梁山伯祝英台的却是姻缘破碎，双双殉情。这证明喜鹊报喜完全是无稽之谈。然而每闻乌鸦啼叫，虽然心里不悦，但那一天我必定格外小心谨慎，所以那一天肯定不会闯祸而平安无事的。

　　"良药苦口利于病，忠言逆耳利于行。"活了一大把年纪，我终于明白这个道理。

　　我为我对乌鸦曾经的不公正而愧疚。不错，乌鸦的声音和羽色固然丑陋，但那是造物主不公，"爱美之心，鸟皆有之"，乌鸦无力改变自己的形象。再说这"丑陋"是我们人类的审美，对鸟儿未必适用。况且全世界都不歧视黑人了，我们为什么要对乌鸦耿耿于怀呢？

　　乌鸦的智商，更是让我惊诧不已。它们的组织性、纪律性很强，工作效率非常高。它们热爱集体生活，成群结队地营造它们的乌鸦部落。在北京的郊区，在列夫·托尔斯泰家的白桦林里，我都见过这样的鸦群部落。我老家的东郊有一个颇大的荒园子，上面杂树成林，许多乌鸦选择在这里安居乐业。春夏树木成荫，鸦巢隐蔽其中不甚了了，秋冬黄叶凋零了，每棵光秃秃的树干，都高举着一个或数个黑乎乎的鸦巢，它们错落有致，洋洋洒洒，蔚为大观。群居的乌鸦们互相照应，防守有当，很少受到侵犯，它们的部落因此更加兴旺发达。

　　乌鸦的生存能力非常强，不管是风雪交加的西伯利亚，还是热浪蒸腾的赤道地域，抑或是狂风恶浪中的孤岛怪石，都有它们活跃的踪迹。乌鸦骁勇异常，那坚硬的大喙，有力的爪子，固然伤害过其他鸟类，但我们有什么理由去指责物种竞争的胜利者？乌鸦从不挑食，草籽、果实、昆虫、鱼虾、小蛇、小鳄，甚至是动物腐尸，它们都可以食之甘饴。就是狮狼虎豹们猎了食，乌鸦也敢去分一杯羹。愤怒于乌鸦的"太岁头上动土"，猛兽们会恶狠狠地向它们扑去，说时迟，那时快，乌鸦立即腾空而起让你永远也抓不着；当猛兽们低头享用时，乌鸦们又靦着脸落下去，毫不客气地分啖起鲜美的肉食。

乌鸦连人类也不放在眼里。它们会大摇大摆地闯进农家鸡舍。窝囊的鸡们吓得惊恐万状魂飞魄散，乌鸦们张开大嘴，叼起鸡蛋扬长而去。乌鸦用它的头脑和有力的喙，还能打开旅游者的背包，把里面的面包、奶酪、香肠和巧克力洗劫一空。

"深挖洞，广积粮"，乌鸦把这个政策执行得淋漓尽致。乌

鸦到底有多少"粮仓"？恐怕谁也弄不明白。石头上的坑窝，绝壁上的缝隙，别鸟废弃的旧巢，还有田鼠们的洞穴，都可以变作乌鸦的粮库，它们往里面装各类植物的果实、龟、蛇的卵和风干的鱼虾。为了不让猎物被别人偷走，乌鸦会找来草、叶、石片，把仓库捂得严严实实。它们实在是太能干了，盆盈钵满的根本就享受不完。来年春暖花开、雨水丰沛时，旧巢坍塌，撒落一地的橡果、松子和栗子，就能长成一片片新的树林。

人们常把鸳鸯说成爱情鸟，其实不然。真正忠于爱情的，却是其貌不扬的乌鸦。虽然没有山盟海誓，也没有一纸婚书制约，但它们一旦"结婚"，就能终生厮守。乌鸦夫妇俩一起打猎，一起营巢，双宿双飞，形影不离。"夫妻本是同林鸟，大难临头各自飞"一点也不适用它们。雌鸟孵卵时足不出户，雄鸟就衔来食物精心饲喂，不知道天下的丈夫们能否这样伺候自己月子里的太太呢。

俄罗斯人并不讨厌乌鸦，他们认为乌鸦勇敢、正直、有灵性。我读过苏联一本叫《勇敢》的长篇小说，作者把一个美丽温柔、识大体明大义的姑娘叫作"小乌鸦"，热情地赞美她阔大的嘴巴，夸奖她浓黑的眉毛"像乌鸦的翅膀伸入两边鬓角"。

有一年冬天，我随作家代表团到俄罗斯访问。一天，我们发现克里姆林宫墙外的雪地里，有一群蓝灰色的鸟儿在安详地觅食。有人说：广场鸽！导游小姐纠正道："这是乌鸦！"我们都以为导游小姐翻译错了，乌鸦怎么是灰蓝色的呢？正想找一个懂汉语的人重申一下，其中一只"鸽子"毫无顾忌"哇"地大吼了一声！天下乌鸦一个调，就凭这放肆的、不堪听也不美听的声音，乌鸦的身份就铁定无疑了。从此我明白，天下乌鸦并不一般黑。听说在南美洲和东南亚，还有色泽较艳的长尾鸦、长冠鸦呢。

　　写完了这篇短文，我在手机里刷到一个让人忍俊不禁的视频：静静的湖边，垂钓的人正往钓钩上装鱼饵，再将钓线甩下湖去，然后就躲到树林里休息去了。这时候来了一只乌鸦，它发现鱼儿上钩了，就用嘴叼住钓线，往上拖一截，用脚踩牢，再往上拖一截，再用脚踩牢，三下五除二，就把活蹦乱跳的鱼给"钓"上来了，然后美美地大啖起来。待到垂钓者喊着"捉贼"从林子里奔出来时，地上只剩下一根鱼刺和一摊鱼血了。

我的小橘灯

我做小橘灯，是受了冰心先生的那篇著名散文的影响。

冰心先生那《小橘灯》的简概是：春节前一天的下午，住在重庆山城的先生上山访友。主人不在家，却遇到了一个上来打电话的女孩。女孩八九岁，破衣烂衫，光脚草鞋，冻得脸色发白嘴唇发紫。女孩说她母亲咯血了，她打电话的目的，是要请医院的胡医生到她家给她妈瞧病打针。

冰心先生要见的朋友一直没回，无所事事的先生下了楼，买了几个橘子，到女孩家探望。

在那间逼仄的破屋里，女孩告诉冰心先生说，胡医生来过了，给她的母亲打过针。冰心先生也看见她母亲已平静地睡着了。

女孩拿起一个橘子，用小刀切去上面的一层皮，把橘体揉揉捏捏，然后手脚麻利地把橘瓤一瓣瓣掏出来，放在母亲枕边……

天完全黑了，冰心先生起身告别。女孩把掏空的橘子壳用麻线穿起，再在里面放上一截点燃的短烛，用一根小竹竿挑着。女孩用这盏橘灯，给先生照在这除夕夜回家的路上……

这盏有情怀的小橘灯，深深地牵动着我童年的心。我也很希望拥有这么一盏小橘灯。可当年我家很穷，买不起橘子，想做橘灯的愿望一直飘在云端。

我动手做橘灯是我嫁到台州之后。橘子成熟时节，街道上，码头上，到处是橘子。那一年我二十多岁，儿子已经满地跑了，买几个橘子解馋已不是什么问题了。

用不着吹牛，我手脚不笨，我儿子的涎围、肚兜，抱裙上的花鸟虫鱼，都是我亲手绣出来的。我这么自夸的目的，是对应我在后面做橘灯的笨拙。

黄岩橘的品种有早橘、朱红、本地早，形如馒头的椪橘，还有后来经过改良的无核橘。坊间流传着一句话：吃功"本地早"，讲功饭店嫂。那意思很明白，在品种众多的橘子中，最好吃的无外乎"本地早"了。

"本地早"的皮色也相当艳丽。我挑了一个"刮拉周圆"的"本地早"，开始做我的橘灯。

我用一把锋利的小刀，按冰心先生文中所言，削去上面的一层橘皮，又用双手握着大半个橘体，轻轻地揉捏着。

我揉捏揉捏再揉捏，却根本无法如文中那个小女孩一样，把橘瓤一瓣瓣掏出来。我孜孜不倦地揉捏着，以至于把切口处的橘皮都弄出几个缺口，就是掏不出一瓣橘瓢来。我重新拿了个橘弄着，还是不行。后来我才明白，那是因为那些纵横交叉的橘络，把橘瓢牢牢地粘连在橘子内皮上。

于是我决定换种方法。我又一次拿起一只"本地早"，同样切去上面的一层橘皮后，就用小刀去扎橘瓢，几刀下去，橘子汁溢了出来，我凑上嘴唇把它吸吮掉，接着再扎，反复扎，当然，我得小心着别扎破橘子皮。我吸光了橘子汁，揪出一团纠缠在一起的橘络。就这样，我终于清理出一个碗状的橘壳来。

我点燃了短短的一截蜡烛，小心翼翼地让它"坐"在橘碗底部。可是"碗底"并不平整，短烛也不争气，一歪身就躺倒了，火苗也随之熄灭了。

于是我拿来一支长烛，点燃，倒过来，倒着的蜡烛燃得特别欢，还发出欢乐细碎的毕剥声。热情的烛泪爽快淋漓地往橘碗里滴，油汪汪地滴了半个橘碗。然后我把橘碗放平，把剩下小半截的蜡烛"栽"在烛泪里，静待冷却。冷却后的它们就紧紧地凝结在一起了。

我按照冰心先生的样子，用针线把橘碗穿起，像是在小箩筐上拴十字绳子，以便像冰心先生那样用小竹竿挑着。哪知橘皮太脆，我一提拎，麻线就把橘皮勒豁口了。

我只得用手心托着我那赢弱的小橘灯。然后我小心翼翼地打开了我的家门小心翼翼地往外走。台州的11月份还很暖和，我家床上铺的草席都还没换成床单。那个傍晚也没什么风，但我刚出门走了两步，烛火就灭了。

我真不知道冰心先生是怎么提着她那小橘灯，怎么走在除夕夜的寒风中，走在那湿滑的山间小路上……

那个晚上，我打了盆水，放在刚刚收拾好的小饭桌上。我重新点燃我的小橘灯，让它在水上面浮着。我关掉屋里的电灯，享受着静谧、柔和的橘灯烛光。我喊儿子来观灯，他跑过来，身体轻碰了小饭桌一下，脸盆里的水荡起了层层微波。我的小橘灯在细细的波浪上摇摇晃晃，那烛光也显得飘忽迷离。我的陋室里顿时就有一种特殊的、说不出来的梦幻和温馨。

杯汝来前

辛弃疾有首《沁园春》，题为"将止酒、戒酒杯使勿近"；不妨一读：

杯汝来前！老子今朝，点检形骸。
甚长年抱渴，咽如焦釜；于今喜睡，气似奔雷。
汝说"刘伶，古今达者，醉后何妨死便埋。"
浑如此，叹汝于知己，真少恩哉！

更凭歌舞为媒，算合作、平居鸩毒猜。
况怨无大小，生于所爱；物无美恶，过则为灾。
与汝成言："勿留亟退，吾力尤能肆汝杯。"
杯再拜，道："挥之即去，招则须来。"

我爱辛稼轩，爱他身上的燕赵奇士之气："年少万兜鍪，坐断东南战未休。天下英雄谁敌手？曹刘，生子当如孙仲谋。"我更爱他坚决抗金的民族气概："醉里挑灯看剑，梦回吹角连营，八百里分麾下炙，五十弦翻塞外声，沙场秋点兵。"他老了老了，还建立了"壮岁旌旗拥万夫，锦襜突骑渡江初。燕兵夜娖银胡觮，汉箭朝飞金仆姑"的英雄伟绩。

　　他的田园词也写得极好："茅檐低小，溪上青青草，醉里吴音相媚好，白发谁家翁媪？大儿锄豆溪东，中儿正织鸡笼；最喜小儿无赖，溪头卧剥莲蓬。"把平淡的田舍生活，写出了和谐，写出了温暖，写出了神韵。

　　我叹息他晚年的无奈和失落，感慨他报国无门的痛苦："追往事，叹今吾，春风不染白髭须。却将万字平戎策，换得东家种树书。"和"廉颇老矣，尚能饭否？"

　　可这首《将止酒》，却以完全迥异的风格让我耳目一新。这里没有田陌的恬静安宁，也没有壮志未酬的叹息和愤慨，只有一个酒徒和一只酒杯在絮叨。一开头就以命令的口吻说：酒杯你过来，老夫检查自己，怎么长年焦渴，咽喉难受得像烧焦了的锅底，又天天嗜睡，鼻鼾响得如滚雷那么恐怖，我该是病得不轻吧？

　　把身体不适怪罪于酒杯，似乎有点胡搅蛮缠。而这只酒杯也不寻常，它居然能回应他的主人说：你这喝酒算什么！西晋的达人刘伶那才叫厉害呢，他坐着鹿车一路喝去，还让用人扛把铁锹跟着，说醉死在哪就在哪掘个坑把他埋掉。无奈的作者只得叹气道，我还把你当知己，你竟这样的无情无义啊。

　　接着，那只酒杯还说出一番"怨无大小，生于所爱；物无美恶，过则为灾"的理论来，驳得作者无语，只对酒杯说，与你说了，你滚吧，不然把你摔个粉碎！那酒杯也摸准了他的心思，不卑不亢地拜别说：好吧，"挥之即去，招则须来"。言下之意，等着瞧吧，这酒我看你戒了戒不了！作品写得妙趣横生，让人读了忍俊不禁。

其实辛弃疾不是真要戒酒，他是借此抒发心中块垒。

中国人历来爱酒，元宵灯会，清明祭祖，中秋赏月，重阳登高；辞旧迎新的春节就更不用说了。我们家乡端午的龙舟划到哪个河埠，哪个河埠早备下好酒等着了。

人们得意时举杯庆贺，失意时借酒浇愁。添丁进口，升官发财，春社集聚，秋粮登场，没什么不能成为喝酒的理由。富人喝酒，穷人也喝酒。文人们斗酒诗百篇，将士们"葡萄美酒夜光杯，欲饮琵琶马上催"。

王维的"劝君更尽一杯酒，西出阳关无故人"是惜别；杜甫"白日放歌须纵酒，青春作伴好还乡"是准备回家；李太白"钟鼓馔玉不足贵，但愿长醉不愿醒"是失意，苏东坡在密州喝得"酒酣胸胆尚开张"，便兴高采烈地带了一大班人马出门打猎去了。

李白在他的《将进酒》里说："古来圣贤皆寂寞，惟有饮者留其名。"最后，居然把他家的五花马、千金裘全换成美酒，一股脑儿喝个精光！曹雪芹后来都穷途落魄成"举家食粥"了，还常常赊了酒，照喝不误。

才女李清照也不例外，只不过喝得比男人委婉些罢了："东篱把酒黄昏后，有暗香盈袖"，"三杯两盏淡酒，怎敌他晚来风急"。

农民们也不甘示弱："莫笑农家腊酒浑，丰年留客足鸡豚"，"开轩面场圃，把酒话桑麻"，"桑柘影斜春社散，家家扶得醉人归"。

如今的酒桌已没了诗词文化，只剩下顺口溜了："酒杯一端，好说好说"；"感情浅，舔一舔，感情深，一口闷。"还有吓人的，"感情铁，喝吐血"。话虽俗，却不无道理。多少事，求爷

159

　　爷告奶奶的，跑断了腿都办不成，可只要让"杯汝来前"，一番猜拳喝令，几次推杯换盏，就OK、OK，把事情搞定了。

　　《将止酒》里面有两句最为触目："更凭歌舞为媒，算合作平居鸩毒猜。"我想古人饮酒，遣红巾翠袖，歌舞左右，这本是赏心乐事，怎么就成了"鸩毒"呢？

　　不要以为只有男人才酗酒，时代不同了，男女都一样。有些女孩，酒劲上来，绝对巾帼不让须眉。举杯时勇敢不已，烂醉后身不由己，有的被酒友轻薄了去，有的醉倒道旁，被歹徒弄到僻静处，后果不堪至极。

　　当然，也有因酒而飞黄腾达的。听说有一女子，既无才也无德，连姿色也无几分，就是酒量要得。每每宴席，她都能叨陪末座，且讲究策略，拿捏准确。先装不胜酒力状，只埋头苦吃，待

别人喝得七八分了，她便跳将出来，左右开弓，把男人一个个放倒。也就凭着这一手，她捞到个让许多人艳羡的"肥缺"，从此末座女子移位到主宾位置。可屁股还没有坐热，就因为各种见不得阳光的事，变成阶下囚了。落差如此之大，让人感慨不已。我自小读过"以色示他人，能得几时好"的警句，却真的没读过什么"以酒赢他人，能得几时好"的格言。

　　常听人说，你以为我想喝呀？实在是没法！这倒不是矫情。人家辛辛苦苦地张罗好酒席，死心塌地地请你，你真不去，担心人家会骂：这小子得意了，瞧不起旧日朋友了！或者会想：我什么时候得罪他了？他是不是听到不利于我的消息了？凡此种种，被邀请者尽管百忙，也要放下手头的活儿抽身前往。有时请的人多了，一晚上要赶好几场，那辛苦和疲累自不必说了。

　　我们的酒文化如此错综复杂，如此绚丽多姿，让外国人望而生畏。

　　我见过些老外泡酒吧，或独斟独饮，或两人对酌，从不吆五喝六的，也没什么下酒菜。一杯清酒，能静静地抿上几个小时。而我们的酒宴，往往太过奢华，天知道花的是谁家的钱。就是自费请客，也是菜盘累叠，酒水满溢，唯恐失了面子。更有甚的，以拼酒为乐，以赢酒为荣，偶尔听到些"酒雄"第二天对人炫耀，昨晚把谁谁谁灌吐了，把谁谁谁放倒了……岂不知"物无美恶，过则为灾"啊。

　　辛弃疾那个年代，医学还很落后，他只知道自己"咽如焦釜""气似奔雷"。现在想来，恐怕是得了糖尿病和心脏缺氧了。也有人打呼噜打死的，所以辛弃疾不"将止酒"，恐怕还真不行了。

再说一则发生在我娘家乡下的真实故事。去年除夕，郑某被朋友邀去吃年夜饭。在种种酒文化的激励下，郑某喝得烂醉如泥。这个年，老婆愤愤地独守空房。大年初一，老婆到那位请她丈夫喝酒的朋友家兴师问罪去了，说你们也太过分了，弄得她老公过年也不回家。朋友诧异地说，昨晚虽然喝得晚了些，但他是回家了的呀！

这才想到大事不好，一帮人沿路找去，在一个半开口的茅坑里找到了郑某的尸体。

这一死，实在是死得太冤太臭了！

我说辛勤的"赶场哥"们，该点检形骸了，看是不是患了高血压、高血脂、高胆固醇，外加脂肪肝、酒精肝和前列腺炎了！

呜呼！诸君同志们，为了你的身体健康，为了你和你家人的幸福，请"将止酒、戒酒杯使勿近"吧。

不敢遗忘的角落

有人送我一摄影集子，题为《被遗弃的视角》。我翻了翻，全是形形色色的厕所照片，不禁哑然失笑。说真的，我早就想写写厕所文化了，可总是缺乏那么点点胆识。看了这本影集，忽然就勇敢起来了。

其实吃喝拉撒，是每个活人的必修课程。有吃必有拉，有喝必有撒，"进口"和"出口"问题同等重要，绝对不敢厚此薄彼。台州民间有句狠话："叫你吃得进拉不出！"这是对多拿多占、贪婪霸道的人的警告。还有一句似乎全国通用的咒语："生个儿子没屁眼！"够损吧？这跟"断子绝孙"也只是一步之遥了。试问，你的孩子若是个先天无肛儿，他能活得和正常人一样吗？所以，"吃得进拉不出"，实在是非常恐怖的事。

尊敬的老舍先生在他的《四世同堂》里写道："当一个文化熟到了稀烂的时候，人们会麻木不仁的把惊魂夺魄的事情与刺激放在一旁，而专意到吃喝拉撒中的小节目上去。"

要拉撒，必得要有承载体，那东西登不了大雅之堂，一般都只能蜷缩在角落里。最原始的是在海滩上或地旮旯里挖个坑，人们就蹲在上面拉撒，我们故称它为"蹲坑"。后来，为遮羞，也为挡风雨，人们在坑上面搭个茅草毡，便叫成"茅坑"；再后来把坑往深里、大里挖，放个缸承接粪水作肥料，就叫"坑缸"或

"粪缸";再后来为了让妇女儿童安全舒适些,又在缸面上铺了盖板,搭个坐马,于是就叫作"板坑"了。

但粪缸和水缸一样,不是结实物件,碰撞一下,容易破裂,遇上个恶作剧的或是跟主家有仇的,往里面扔块大石头,缸砸了,粪水淌了,整个村子都要臭上好几天。所以我们家乡都是"深挖池、死砌砖"的。那粪池一般有3米见方,3米深浅,内贴砖壁,蛎灰弥缝。后来流行了水泥,把粪池里里外外抹上厚厚的一层水泥之后,就更加结实了。粪坑的四角立四根桩柱,上面架梁铺椽,盖上瓦片。这样的厕所风雨不侵,外观像一座小屋。坑板高出地面一个台阶,所以还有"一步楼"的雅称。

有些农民把"一步楼"砌在路边,既提供了路人方便,也可多接纳些肥水,一举两得的好事。我们邻居阿三爸就是如此。"一步楼"也有揭掉"楼板"的时候,那就是淘粪的日子。淘粪前后,农民都会挑几担清水,轰轰隆隆地倒往坑里——太稠的大粪是淘不动的。

那一次,我12岁的叔叔和同年的阿三,在揭掉"楼板"的阿三家厕所里解手,也不知怎么的,我叔叔扑通一声掉下去了。当时正值午饭时分,坑旁并无一人。阿三吓坏了,傻在那里不敢动弹。这时阿三娘喊他吃饭,他回了家,接过他娘递过的饭,心不在焉地扒拉着,直到吃完了饭,还呆头呆脑的。他娘问,出了什么事?你的魂叫鬼摄走了吗?阿三才慢吞吞地说:阿胜掉进我们家茅坑里了!阿三娘跳将起来冲出家门,大呼小叫着向村口的粪坑跑去。

我叔叔此时还在粪坑里扑腾呢!因为他会游泳,所以还没淹死;又因为粪池太陡太深,叔叔就是再大上12岁也无法爬上来。邻居们拿着锄头扁担,七手八脚地把我叔叔弄上来,可他的浑身上下全是大粪,耳朵里、鼻孔里还爬着蛆,奶奶把他拉到河边推入水中，洗了整整一个下午。

中国是个文明古国，厕所文化相当深厚。"拉撒"两字说法颇多，如解手、方便、如厕、净手、便旋、行清，等等。从前人住四合院，厕所设在院子东角，所以还有"登东"一说，"登"字对应"一步楼"，倒也十分微妙。我家的厕所就挖在院子的东角，我们每个清晨头件大事就是去"登东"。我上南京大学时，我们的古汉语老师说了"更衣"一词，我们就笑。一下课，美眉们三三两两婷婷袅袅，娇音媚好地互相招呼说：我们更衣去吧。现在随着旅游团出行，每到一个地方，导游小姐就招呼游客说：要唱歌的赶紧去唱歌，厕所在那边……

据说元、明时期，学宫里都做了"出恭入敬"的木牌子，为的是严明纪律，要求学子认真学习，恭敬师长。每个教室里都配备这四字牌子，那模样有点像衙门大堂上的"威武"和"肃静"。秋闱时，为杜绝串场作弊，有关部门规定，考生内急时，必须领取这种牌子才能如厕。考生们举着这牌子去厕所，又举着这牌子回考场，那模样既严肃又滑稽。那以后，举子们就把上厕所称为"出恭"了。

既要出恭，必得拭秽。不管你多有钱有势，擦屁股总不能让人代劳。拭秽的材料，大多就地取材。我们家乡是水稻产区，家家户户的茅坑头都系着一捆干稻草，任人抽用。稻草入坑腐烂后，也是肥料。山里的农民，则用树叶、树皮和干柴草，有的山区盛产毛竹，有人把毛竹劈成竹片，拉完屎，用竹片一刮就万事大吉了。学校里的粪池里，全是字纸儿，纺织厂的粪池里，则全是废旧的棉团和纱球了。

20世纪60年代初，我在北麂岛上"做"乌贼，那天，我挑着一担挖净内脏的墨鱼，走在晨曦中的海滩上，突然，一块飞驰的小石子从我耳边擦过。我想，哪个小子大清早的就捣乱！抬眼一望，十多米外的滩涂上，一个男人正提着裤子站起身来。我这才明白，原来他们是用卵石擦屁股的！

"文革"初期，我在温州山区的一家农械厂当"家属"。山区多树木，这家农械厂专门配备了个锯板车间，生意红火。而农械厂的工人们，全都用锯下来的木料边儿刮屁股。那个厕所根本看不见粪水，倒像个柴火仓库！

一个月黑风高的夜晚，一阵恐怖的尖叫声打破了山里的沉寂。再听，就听到"定时炸弹定时炸弹！"的叫声。我和先生翻身起床，循声跑了过去，只见一个十五六岁的学徒工哆哆嗦嗦地比画着，说厕所里有个定时炸弹！我跟着几名胆大的工人，小心翼翼地向着厕所跑去。一进门，果然就听到"嘀嗒嘀嗒"的钟摆声，拿手电一照，一个黄灿灿的东西，赫然躺在横七竖八的木条上！仔细一瞧，没有电线，没有炸药，就一个孤零零的挂钟机芯！人们拿来个铁钩，把那个机芯钩了上来，竟干干净净的，连点臭味也没有。后来查明，这是单位一个旧钟机芯，一个爱贪便宜的人拿了，想当废铜卖钱。当他听到红卫兵第二天要抄他家的消息，趁着夜色把它扔到了茅坑里，谁知那死了的东西一扔却激活过来了！

厕所还是个聊天和休闲的去处。好媳妇一般都勤勉，舍不得把时间花在串门饶舌上；但每个人都有喜悦和纠结的情绪要和人分享，偶尔在茅坑头相遇了，就抓紧时间闲扯一气，仿佛这时聊天才是天经地义的。我娘家的厕所占了后院墙的一角，左边有条石子沟，右边是间草灰屋，前面有个小菜园，空气流通，光线充足。我坐在坑码上，可以看到蓝天湛湛，白云悠悠，于是浮想联翩。后来家里穷了，母亲把两间正屋租给另外两家人，那两家的主妇总是招呼着，相约如厕，进去以后，又叽叽喳喳地好半天不出来，害得我们常常尿急得在外面直跳脚。

我父亲则喜欢在厕所里看书，看入迷了，就不知时辰了，我母亲就说他"躲懒"——其实父亲是极其勤劳的。母亲会扯着喉咙调侃道：某某人啊，你掉进茅坑里出不来了吗？

遗传真是门有趣的科学，我也爱在大解时看书，我儿子如此，我孙子也如此。在马桶上坐久了，腿就发麻，站起来要费好一会工夫，但是我们都心甘情愿。现在我常在儿子家玩，如果屋里突然静了下来，龙龙不见了，不用问，准在卫生间里呢，推门一看，小家伙坐在马桶上，捧着本书看得如痴如醉，或者被什么故事逗得咻咻发笑呢。

20世纪50年代末，我读了薇拉凯特玲斯卡雅的长篇小说《勇敢》，这部书写的是苏联青年不畏艰辛和寒冷，穿越整个西伯利亚奔赴远东，在黑龙江畔建设共青城的故事。其中一位叫肯尼娅的姑娘出身贫寒，童年时和做清洁工的母亲一起住在公厕里。幼小的她看到来上厕所的有钱孩子漂亮的衣服和草帽，看到女人们在公厕里休息、补妆，她羡慕得要命，也自卑得要命。当时我百思不解，厕所里怎么能住人？有钱有闲的女人怎么能在这臭烘烘的"茅坑头"流连？

时代在前进，生活水平在提升。活到现在才算明白，原来厕所是可以一点都不臭甚至香喷喷的。

如今我晚上散步时，喜欢去小区附近的几个公厕转转，和住在里面的环卫工人聊聊天，看看她的电视机和炊具；她们一般都干干净净，自信自乐，这种态度让我也感到十分快乐。再看看大酒店里那些被称为卫生间、洗手间、盥洗室、化妆室的地方（请原谅我不知男同胞那边的情况），女人们在里面煲电话粥、谈生意经、扑香粉、涂口红，有谁会觉得丝毫的不妥呢？

也许有人会说，什么不好写，你怎么写起厕所来了！我却认为，这角落文化太重要了。内急真的能把人急死。很多人都有过找厕所的梦境，找来找去总也找不到，即使找到了，那厕所不是脏得下不了脚，就是坑码摇摇欲坠，叫你怎么也不敢上去。报纸上、电视里，也经常爆出些关于厕所的新闻。有位 63 岁的大娘，去银行办事，队伍很长，手续繁复，尿急的老人想借银行的厕所一用，被严阵以待的保安和工作人员无情地拦在外面，老人于是尿了裤子，羞愧难当。我想，这位大娘以后是再也不敢到"贵行"存款了。最倒霉的要数一个 18 岁的农村姑娘。她长得还算体面，可是头一次到了上海，扑面而来的全是车水马龙和高楼大厦把她搞蒙了，等她有了尿意时，却怎么也找不到厕所，又腼腆，还不懂上海话，就不敢开口打听，膀胱却毫不留情地越来越鼓，她的心也越跳越快。最后，在商场购物者们的众目睽睽之下，那倒霉的尿液顺着裤管，哗啦啦热腾腾地淌了下来，这女孩羞坏了也吓坏了，回家后就得了忧郁症，而且情况越来越糟糕……

寄语城市的建设者们，多一点人文关怀，合理建造公共厕所。厕所外面多些醒目的标识；也建议对外营业单位的管理者们，对于那些尿急的顾客，高抬贵手，让方便之所做到真正的方便。

吾乡吾俗

除岁　照岁

　　除夕叫法，各地多有不同。浙江台州人把除夕叫作"除夜"，而我家乡却把除夕叫作"除岁"。反正是一回事，"爆竹声中一岁除，春风送暖入屠苏"；王安石早在 11 世纪就把它写得很清楚了。

　　少儿时期的我一直不懂，为什么把一年里头最后一夜叫除岁呢？"岁"就是年，年年岁岁，岁岁年年，一年过去了就过去了，为什么要把它"除"掉呢？

　　家乡还有个活动，叫作"照岁"，就是在除夕那个晚上，家家户户都在房间内，家什里，点上红烛。有钱人家的红烛大些，没钱人家的红烛小些。我童年时命舛运蹇，不是父亲出点"问题"，就是弟妹们摔个歪胳膊断腿的，所以，食能果腹、衣能蔽体成了父母亲最大的心愿，谢年、照

岁、迎春、庆春这种类似奢侈的民俗活动也只能忍痛割爱了。

有一年好像是境况稍好，父母亲也开始张罗"照岁"，但用的红烛只能是最小的"十支"。当时买烛是用秤称的，"十支"就是一两有十支的那种小烛，瘦得就比我们小孩子家家的小拇指头还要细。

照岁真是件赏心乐事，首先，那天的孩子们都允许玩泥巴，因为蜡烛需要支撑体，而一般的穷家根本没那么多的烛台。

天寒地冻阻挡不了我们的兴致勃勃，我们下到河塘里，去挖那种细腻的"青滋泥"，然后回家摔摔打打地做起烛台来，我们随心所欲地创作着，有圆锥体的，有方台形的，也有小泥人和小动物，关键是要立得住、立得稳，然后在上头插上一截细细的香梗，放在风里晾得稍干就行了。

一整天，孩子们的心里都痒痒的。好不容易挨到天黑，兄弟

姐妹们争先恐后地忙碌起来。先把一支支小红烛都插上泥烛台，接着便开始点烛，点上了，小心翼翼地用手护着，用身子挡着，不让它被风吹灭，不让它迎风流泪。

烛光摇曳，人影幢幢，难得的祥和与幸福簇拥着我们。

"照岁啰！除岁啰！"爸爸是很容易满足的，他快活得像一个大孩子，和我们一起跑进跑出。

"照岁除岁，从里往外。"妈教导说。

"为什么？"

"除岁就是除祟呀，点那么多的蜡烛，照得妖魔鬼怪无处躲藏，我们从里到外，把祸祟、晦气、污秽都赶跑。"

气氛就变得神秘、严肃了。我们诚惶诚恐地做着一切，生怕一不小心就让"祟"们藏匿下来，继续祸害我家。

我们按照父母的指点，先把蜡烛放进谷仓，米缸里边，边放边祝诵：谷仓满登登，米缸满登登；接下来是正屋，卧室，床铺

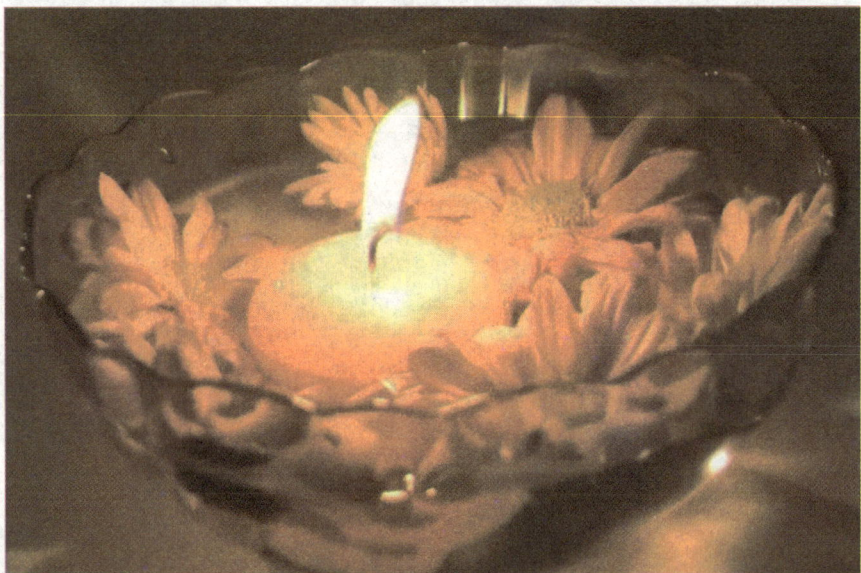

里边，我们诵着"妖孽快快滚，吉吉如律令"；然后是厨房，饭笤、菜柜，再就是过道，檐下，院子；还把蜡烛点到了猪圈旁，鸡窝上，茅坑背；最后我们来到了大门外，找一个无风的角落，架起几片瓦片，把烛台放进去，点着蜡烛，然后赶紧回头关上大门，以免"祟"们卷土重来。

有两处的照岁比较特殊，一是水缸里。水缸里怎么点烛？泥烛台掉进水里岂非污了一缸清水？妈有办法，她手拿一截萝卜削就的烛台，叫我把它放进碗里，插上蜡烛点上，然后将碗轻轻放进水缸里。白白的瓷碗，红红的萝卜，幽幽的烛光，在水面上轻轻荡漾着，有一种让我怦然心动的感觉；二是柴仓，柴仓满是干柴，引起火灾就不得了。爸也有法子，他先把柴草整理得妥妥的，然后拿了个水斗，舀上半斗水，仍拿口碗点上蜡烛在水里浮着，再让这个水斗稳稳地坐在柴仓里，这样就万无一失平安无虞了。

屋里屋外全是星星点点的烛光，淡淡的美丽，淡淡的温馨，还带点淡淡的忧伤。一家人就在这淡淡的氛围里憧憬着，盼望着明年平平安安，盼望着日子过得稍好一些。

接下去应该是守岁了。守岁就是紧紧地守住家，一直守到新的一年的第一个黎明，不让祸害人的魑魅魍魉乘虚而入。我们都累了，没守一会儿就鸡啄米般打起瞌睡来。父母一个个地抱着我们上了床，床里的那支小烛已经燃尽，我们像一窝小猪般挤挨在一起，很快地进入了梦乡。

通宵达旦地守岁是大人们的事了。

吾乡灯节

　　一年一度的元宵佳节又到了。那个晚上，是灯之展览、灯之争奇斗艳、灯们最火爆最具规模的聚会。年复一年，年年元宵，年年灯节。大凡国泰民安时，灯节就热闹非凡，老百姓就欢欣鼓舞；反之，灯节也萧条了，百姓也落魄了。宋朝的陈烈写过这样一首诗：

　　　　富家一碗灯，
　　　　太仓一粒粟；
　　　　贫家一碗灯，

父子相聚哭。

风流太守知不知?

犹恨笙歌无妙曲。

试想如果年岁不好，或者兵荒马乱，民不聊生，遍地哀鸿，百姓连吃饭都成问题，哪有心思、哪有钱搞什么灯节？那糊涂的福建太守蔡君谟还搞摊派，必得一家一灯，千古骂名自然就逃脱不了啦。

提起灯节，我就想起关于元宵灯的歌儿来。有首脍炙人口的民歌叫《五哥放羊》：

正月里正月正，

正月十五挂上那红灯。

红灯（那个）挂在（那个）大门外，

单（来）等我五（那个）哥他上工来……

这是一个地主小姐与长工的爱情故事，有点活泼，有点小资，也有点酸楚。

下面的这一首，就比较革命的了：

都说那十五的月儿亮，

比不过那军属门前的大红灯。

大红灯（那个）大红灯，

灯上写的是光荣，

红灯挂在大门外，

照得全家红通通……

　　毋庸置疑，这是一首拥军爱民的歌。歌中的主人公张大哥正在战场上"英勇杀敌立战功"呢，这样的家庭，当然该好好慰问，好好关心，元宵节喜气洋洋的大红灯笼，都被当作犒劳的奖品挂到军属门上了。

　　我头一回看黄梅戏，就是《夫妻观灯》。那时候我正读初中一年级，花了一角钱买了张戏票，挤进那人头攒动的剧场。这个戏人物简单，只有小夫妻俩，他们一问一答、一唱一和、载歌载舞的景象至今历历在目。在这之前我看过几次越剧，以我十一二岁儿童的心智，觉得越剧悲悲切切、缠缠绵绵有点难懂；哪比得《夫妻观灯》欢天喜地、明白易晓、朗朗上口？这以后，凡课间休息时，同学们常常夸张地模仿着舞台动作，一边唱那黄梅曲调：

　　　　长子来看灯，他挤得颈一伸。
　　　　矮子来看灯，他挤在人网里行。
　　　　胖子来看灯，他挤得汗淋淋。

176

　　瘦子来看灯，他挤成一把筋……

　　同学们乐此不疲，校园里充满着欢乐的旋律和笑声。

　　我的家乡是著名的工艺美术之乡，花板雕、象牙雕、石雕、根雕、泥塑、漆画、细纹刻纸，等等，成就了一批批人才，打开网页搜寻"乐清象阳"，肯定会找到那些个大名鼎鼎的工艺美术大家。所以扎糊些元宵彩灯什么的，完全是小菜一碟。简单的灯，家家户户都会做，聪明的主妇就在这个时候比心灵手巧，元宵前保密着，等到灯节这天拿出来，赚了许多赞美和风光。

　　记忆最深是一种"马灯"（不是那种旋转的走马灯），那是一匹匹篾扎纸糊、画上眼鼻嘴脸、装上长长尾巴的"马"，分前后两半，都点着蜡烛，用细绳分别系牢在半大孩子们身前腰后，看起来他们就像骑在马背上一样。孩子们且歌且舞，仿佛马群在草原上奔腾跳跃，烛光把马体照得通明透亮。那时我还小，很羡慕有资格穿着红袄绿裤的哥哥姐姐们。有一次灯会结束，一位叫小春的女孩却哭得委屈，原来蜡烛翻倒，烧了马灯烧了缎裤子还烧疼了她的屁股。

　　我们村子里有扎龙船灯的高人，此君不但懂得天文、地理、文学、历史，而且雕、塑、镂、画无不精通。

　　扎龙船灯是一项大工程，往往得花几个月的时间。灯的大小、形状，是仿古代皇帝坐的龙船。船身有四五层，层层都是"雕梁画栋"，间间都是金碧辉煌；门窗是细纹刻纸的，精致考究，柱子上贴楹联，对仗工整，墙上有壁画，美不胜收；人物的头脸是彩泥捏的，惟妙惟肖，衣服是彩纸剪的，精妙合身。每层的船廊上都是一台戏，或《水浒传》，或《西厢记》，或《红楼梦》《西

游记》《白蛇传》《封神榜》，一出一出的像立体的连环画，绕船舷一周就是一个完整故事，把龙船弄得像个多层次的露天剧场。几百号人物造型准确，神采奕奕；龙船的下面有机关，摇动机关的把手，仕女们衣袂飘飘姿态婀娜，武将们枪来戟往打得如火如荼。

这样的龙船灯带头，后面跟上童子观音灯、八仙过海灯、百兽闹春灯、鲤鱼莲花灯……更有磬锣鼓钵铿锵，喇叭唢呐齐鸣，把灯会搞得轰轰烈烈、热火朝天。男女老少扶老携幼纷至沓来，真是人山人海叹为观止。

如今，城里的灯节似乎更为隆重了，除了五花八门的传统灯笼，还有各种电子灯、霓虹灯，闪闪烁烁，变幻无穷；配以彩车，台阁，炮仗，焰火，更兼来自四乡八镇的狮子队、舞龙队、歌舞队、腰鼓队；真是火树银花，车水马龙，正应了辛弃疾的《青玉案·元夕》：东风夜放花千树，更吹落，星如雨。宝马雕车香满路。凤箫声动，玉壶光转，一夜鱼龙舞……

爱清静的人，自然到灯火阑珊处，那里有一盏盏宫灯，挂着一条条精彩的灯谜。灯谜可是集知识之大成啊，没有相当的文化根基是不敢问津的。在这里，文人雅士济济一堂，叙叙旧情，亲身"射虎"，实在是一年一度难得的赏心乐事呢。

元宵灯节是一年之中最闹猛的节日。往往倾城而出、万人空巷。可大家要注意，平安是福，千万别挤着踏着啊。年轻的父母们更要保护好自己的孩子，君不见《红楼梦》里那个苦命的英莲、金陵十二钗副钗里那个聪明善良的香菱——就是在元宵灯节观灯时被人拐走的，当时她才3岁。一个好人家的女孩子，被卖来卖去，受尽欺凌；后来还成了薛蟠的小妾，历尽沧桑……

所以在这一天，就有许多人观不成灯，因为他们要为大家的安全操心啊。像我们这些"如今憔悴，风鬟雾鬓，怕见夜间出去"的人，应该是静悄悄地待在家里，"不如向帘儿底下，听人笑语"了。

清明怀想

　　一提起清明，人们就想起祭祖和踏青。我跟些黄口小儿提起清明，他们张嘴就来："清明时节雨纷纷，路上行人欲断魂。借问酒家何处有？牧童遥指杏花村。"

　　真是妇孺皆知啊，杜牧先生泉下有知，应该是很有成就感的吧。但对于"路上行人欲断魂"的说法，我认为，断魂的只是极少数的一部分人。清明时节，莺飞草长，杂花生树，捂了一冬的人都想到大自然去享受新鲜空气，让灼灼的桃花、明艳的杏花养养疲惫的双眼，让芳馨的豆花、菜花熏熏被污染的肺部，该是何等的赏心乐事啊。

　　我的爷爷奶奶去世早，从未谋面的我们对他们毫无感觉。说是去祭祖，实际上就是踏青。站在古老的坟前，点上香烛——那时候连酒水和点心都买不起——

草草地拜几下，就算完成任务。接下去就是折野蔷薇，采杜鹃花，然后编成花环戴在头上，兴高采烈地满山疯跑。跑热了，就把双脚泡在溪水里，看泉水在鹅卵石上打着漩儿，看小鱼在水草中穿游。又随手扯下身旁的杜鹃花，摘去花托，抽掉花芯，塞到嘴里，那味道甜甜的、酸酸的，解馋又解渴。

心痛肠断的，一般不是祭祖，而是给平辈和晚辈哭坟了。新坟前，或是年轻寡妇，或是垂垂老者，青春丧偶，白发人送黑发人，那种凄楚和惶恐自不必说了。

若干年后我嫁到海门做了人家的媳妇。我的公公知书达理，温文尔雅。有次我们踏青回来，他给晚辈做了一字谜：斜月半移云足下，落花片片马蹄香。是不是很美，很有水平？

　　小叔和侄儿们一阵子瞎猜，谁也没猜对。我思考良久，又拿笔在纸上画来画去，始终没猜出来。其实我是被"斜月"给误导了，总想应该把月斜过来，可哪个字里有斜着的月儿呢？

　　然后我弃难就易，先去猜落花片片。这个就容易了，花的右下角掉下来应该是匕，落花片片，就掉两个"匕"吧。再说马蹄，应该是四个点。然后再回头猜云足下，云的足，不是一个厶吗？再把"月"移到"厶"下面，一个"熊"字凑齐了。

　　当我说出谜底时，公公的欣喜写了满满一脸。

　　我公公是1976年走的。距今已快半个世纪了，那一年，我国走了三位伟人，按次序是周总理、朱总司令、毛主席。我侄儿开玩笑说：他们打麻将三缺一，把我们爷爷带走了。

　　一想起公公，我就黯然神伤。他的一生清清白白没有任何污点。而且对工作痴迷到无以复加的程度，那一年他已73岁高龄，却天天早出晚归地去上班，星期天也不休息。那么善良、那么爱面子、那么勤奋的耄耋老人，却天天被挂上个沉重的牌子，站在最热闹的十字街头，被无情地批斗，原因是我的小叔子不愿意去边疆！

这种惩罚和羞辱让他的免疫力急剧下降，他得了肺结核。香港朋友辗转寄来一瓶雷米封，嘱咐务必要吃完。他吃了半瓶，感觉好了，把剩下的半瓶卖了钱，补贴家用。

不幸得很，肺结核复发了，公公住进了医院。婆婆害怕传染，根本没去过医院。在我再三的劝导下，在公公住院二十天左右，婆婆挑个艳阳高照的日子，用鸡肠小带扎紧了袖口和裤管，戴上个大口罩，全副武装地去看他。公公喜出望外，轻拍床沿说，坐，你坐下。婆婆一脸的不高兴，说，你的病床，全是肺病菌，我怎么能坐？公公便面露讪讪。一会儿，公公又说，我该吃药了，你给我倒点水吧！婆婆火了，高门大嗓地嚷嚷，你病糊涂了，你的热水瓶，你的茶杯，全是肺病菌，咋让我给你倒水？

同病房的病友不高兴了，说了婆婆几句。可婆婆强势惯了的，哪容得外人批评？就在病房里大哭大闹起来。

医生护士们都过来了，我很尴尬，又哄又劝地让婆婆离开。公公只有默默流泪。我安慰他，但我知道这安慰是多么的苍白无力。

我给他抹桌子，洗碗筷，倒痰盂。痰很黏，我拔了些草和草根上的泥沙一起，擦了半天才把痰盂擦洗干净。

没多久，公公就病逝了。

当时我撰了首《满江红》：

颧骨突出，如壑腮，肺疾结核。

救命药，为解燃眉，倾囊货竭。

榻前寂寞望骨肉，梦中凄惶煎心血，
将床栏拍遍无人应，叹不绝。

沐痰盂，涤衣物，慰风烛，强欢色。
只赚得，老泪纵横抛跌。
乱世无计尽孝道，生平何处觅冤魄？
且将那寒食祭坟茔，鹃啼血。

斗转星移，岁月匆匆，现如今大家的日子都好了。清明那
天，我站在他的墓前，轻轻地告慰他，他的儿孙、曾孙辈都挺
好，愿他在天堂安息。

端阳之歌

每年端午节来临之际，我心里都会涌出一支歌：

> 五月端阳，五月端阳，
> 布谷声声催，农夫插秧忙。
> 姑娘露笑容，对镜忙梳妆。
> 今天出闺房，今天见阳光。
> 你执菖蒲舞，我把秋千荡。
> 金箔发髻随风飘荡，
> 一年一度人生难忘。
> 但愿人间，永度端阳，
> 但愿人间，永度端阳！

这是大型越剧《春香传》里的一段唱腔。很优美，很女儿。故事的年代是唐朝，春香是朝鲜族人，由此可见，唐朝的朝鲜族女孩活得并不比汉族女孩放松，一年一度的端午节便成了她们非常期盼、非常向往的一天。也就是这一天，女孩子才能走出关得紧紧的闺房，才能见到明媚的阳光；也就只有这一天，她们才能"女儿乐，秋千架上春衫薄"，用不着"墙里秋千墙外道，多情

却被无情恼"了。

再说菖蒲。菖蒲是一种芳香型水生植物，叶形似剑，翠绿而挺拔。它的花状似蝴蝶兰，白瓣紫芯，非常漂亮。

我的儿子们小时候，常常采了菖蒲叶子，挑硬朗点的做剑身，挑稍软点的在剑把手处绕了几圈，绕出一个剑箍。他们就把着菖蒲宝剑，比比画画着击打起来，好在这"武器"非常安全，不会伤着孩子们的身体。

大人们也乐意做菖蒲剑。端午节来临，大男人就去采了菖蒲，也做成剑状。但他们并不拿着"击剑"，而是用两条窄窄的红纸，把剑粘贴在了大门上，据说此剑能辟邪，叫"大鬼小鬼都进不来"。

而春香等女孩到了端午这天，也是用青青的菖蒲作剑，且歌且舞，亦香亦艳。也就在端午节这一天，遇见心上人李梦龙。接下去，她富贵不淫，威武不屈，历尽磨难，至死不渝，从此成全了"春香梦龙、梦龙春香"的爱情绝唱。

菖蒲还是一味中药，能驱蚊虫，避邪除秽；执菖蒲而舞，真是别出心裁，好处多多。

如果说上面的端阳之歌是成人的演绎，那么下面的故事则完全是孩童的天真无邪了。

那是我上小学四年级时，老师教我们一男一女两位同学演过的一出小戏，是睦剧《牧牛》。

剧情是端午节那天，我这个小姑娘受母亲之嘱，给溪流对岸的外婆送端午礼物。我的篮子里除了一些果品，还有一只活母鸡。

当时的场景是溪边。因为夜里下了大雨，暴涨的溪水淹没了溪中的石丁步，我这个穿着花布鞋的小女孩自然是过不去了。

这时候，溪岸上来了十一二岁的男孩王小荣。他牵了条黄牯牛，打着赤脚，模样儿健康，动作机敏利落。他一出场就唱：

五月初五啊，

（得儿呀喂），

端（呀）五（啊）节（哪嗬嗨），

牧牛割草啊，

多啊用力（呀啊呀子伊伏在唧当上）！

将身来到呀，

（得儿呀喂），

牛（呀）栏边（啊）（哪荷嗨），

我牵牛牯出门去。

（呀啊呀子伊伏在唧当上）！

非常优美的旋律，非常动听的唱腔。

我扮的是比他小两岁的小女孩。红袄子、绿裤子，头上戴朵艳艳的鲜花。

我希望溪边的牧童哥能背她过溪。可小男孩淘气异常，两人就在溪边拌嘴、斗智。他们一个夸自己的牛好，说养牛多么辛劳，牛又是多么能干；另一个则说自己的鸡好，说养鸡的不易和鸡的种种好处。他们互不相让，逗趣争辩，最后终于达成一致意见。那牧牛小子在背着小姑娘过溪途中，还不忘淘上一把，假说自己背不动了，要把她中途放下，急得小姑娘又哭又嚷的。

多少年过去了，可每年端午前后，我都情不自禁地要唱他几回。它能让我回到童年，回到那溪水湍急的溪边和被湍急的溪流淹没的石丁步上。如果碰巧上有人打电话来，我忍不住在电话里就扯开嗓子，把这歌儿唱给对方听，让那边的人分享我

的快乐。

我自己的一段唱词更是记忆犹新：

> 王啊王小荣，你莫顽皮，
> 听我说道理。
> 说起养鸡不容易。
> 小小一只蛋，放在鸡笼里，
> 孵了二十天，变成一只鸡。
> 一天三，三天九，要吃一斗米。
> 我这只鸡，比不得别家鸡：
> 又会走，又会飞，
> 头戴紫金冠，身穿五色衣，
> 日日夜夜几遍啼。
> 一更叫一声，二更叫两记，
> 三更平平过，四更不作声，
> 五更开口叫人起！

更为传奇的是，几十年后，我在文联换届工作中统计会员的成果时，先辈金孝电先生的表格上填着他曾是睦剧《牧牛》的创作者。我又惊诧又兴奋，立即拨通了金老的电话，问此《牧牛》是否就是彼《牧牛》。金老年事已高，我问了好几次他竟说得不清不楚，于是我说，我唱两句你听着：

> 五月初五啊，得儿呀喂
> 端（呀）五（啊）节（哪嗬嗨）

牧牛割草啊，

多啊用力（呀啊呀子伊伏在啷当上）！

两颗心一下子拉近了。我们唱得忘情，我唱得泪光点点。

啊，端阳之歌，永远的歌！

但愿人间，永度端阳！

图腾祭

那时候我很小，小得连吃饭都得让人抱上桌；下来呢，将肚皮架在长凳上，哧溜一声往下滑，常常硌得肚皮生疼。

记不得有什么菜，只记得那张发白的八仙桌上的人总是很满。靠墙的两张太师椅上永远搁着两条小凳，那是供够不着饭桌的弟妹们专用。爸、妈、灵昆姑婆和本村的两位表哥及我，坐在

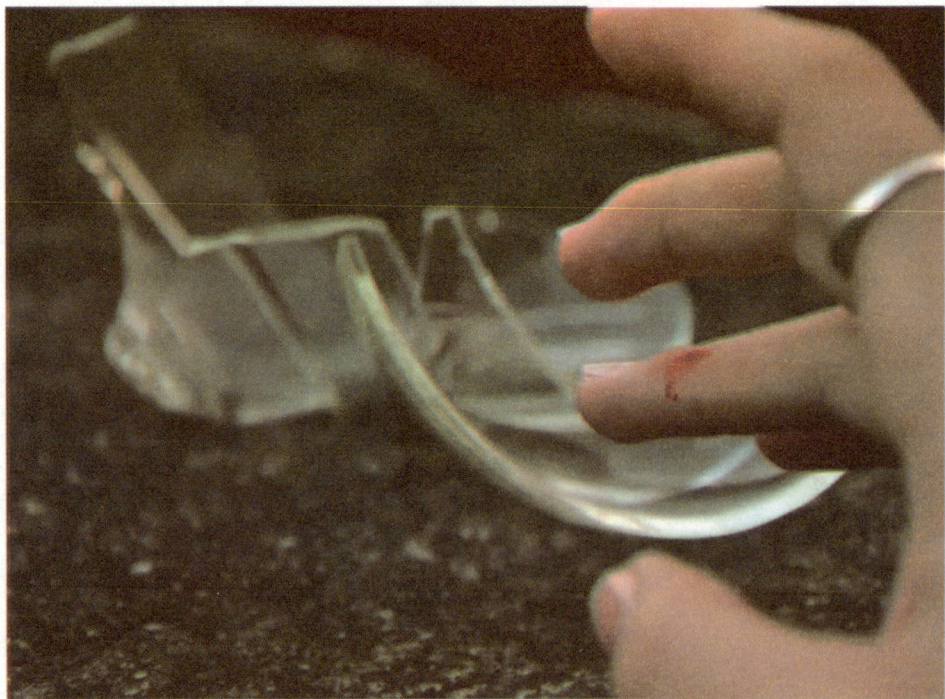

另三方长凳上。寡妇姑妈并没有固定的位置，她站在桌子的这只角或那只角，随时准备放下碗来照顾一下孩子们，或者给一边奶着小弟的我母亲盛饭。

饭桌上的气氛很是庄严，孩子们不嬉笑不啼哭不打闹，大人们也不谈家事国事天下事。只看见一围蠕动着的嘴巴，只听得一片吞咽的轻涛。当时我并不知道，这么多的嘴巴和肚子，全靠父亲一个人喂养。父亲在离家五里外的一个学堂里当教书匠，在那泥泞弯曲的河堤路上一天两个来回。

据说父亲在外很耿，曾经因为些小事惹怒上司；在家却极其随和，妈和亲戚们都叫他作"糯糯佛"。因此，管束、训导我们的责任，一直都由我那严厉的母亲来担承。

吃着饭，妈会突然嚷起来："手呢手呢？瘫啦？"于是姑婆或别的大人们就会悄悄地提醒我：捧牢饭碗，捧牢！

所谓"捧"，其实就是象征性地用左手护着碗。不知是家规还是族规，也不知是教养还是习惯：右手已经拿筷子了，左手务必护住饭碗。不管那口碗在八仙桌上是稳还是不稳，也不管那满溢着粥汤的碗如何的烫手；年年代代，世世相传。孩子们往往还没有学会拿筷子，就已经学会"捧"饭碗了。

我懒，或许天生的就是个不懂规矩方圆的，吃着吃着，那左手便不知滑到什么地方去了，自己还浑然不觉，妈的"筷子敲"已落到我的脑顶心了，啪！稳、准、狠；那头皮即刻隆起两道棱子，脑袋也煮开一锅粥了。

当时的我并不懂，饭碗是一种象征，一种图腾，是妈妈他们崇拜供奉的偶像。挨了"筷子敲"的头皮过几天就不疼了，然遭了突然袭击的恐惧却深深留了下来，从此就不敢放肆。

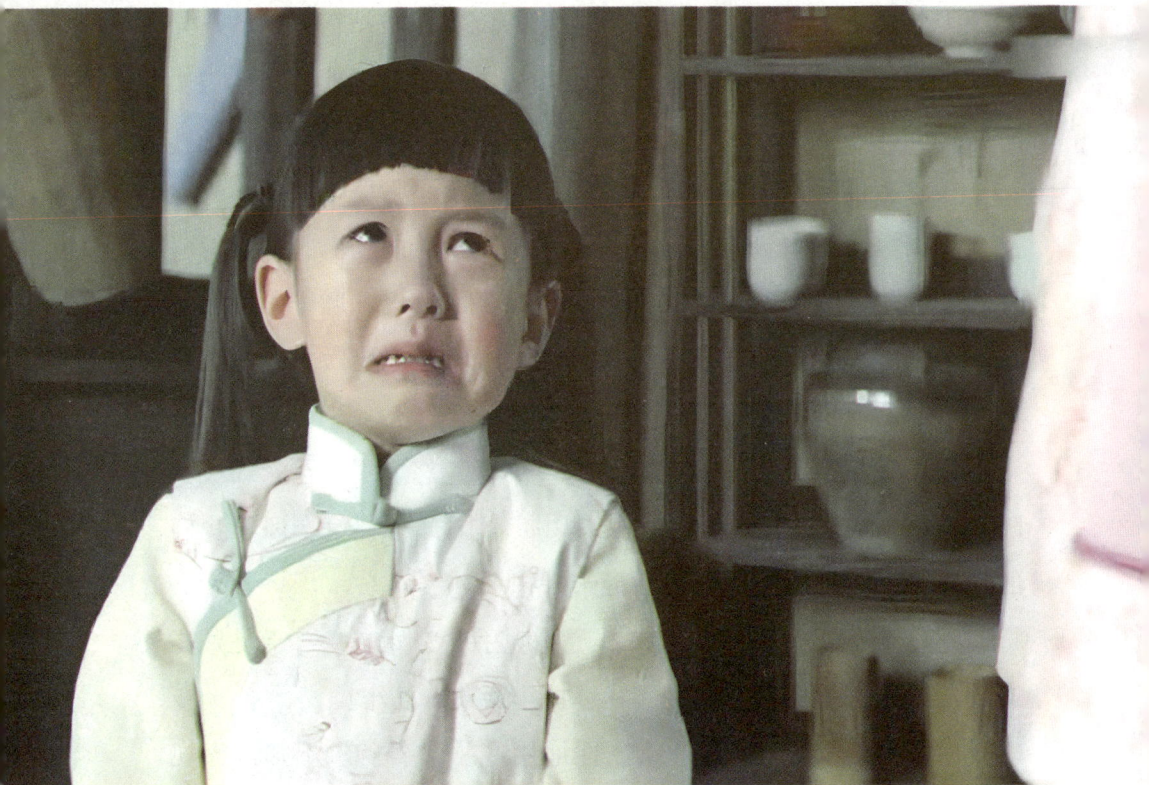

  有一个黄昏，不知为什么父亲没有按时回家。我站在后水门等啊等，西北风把我的心都吹冷了。我向着爸该来的那个方向移步，一直移到了河堤上。天都黑了，爸爸才影影绰绰地回来。我迎上去，拉住爸的手，爸的手好暖，我被爸牵着小跑着回家，一边叽叽呱呱问个不停，爸一句都不答，我使劲仰起脸看爸，只看见朦胧的一脸疲惫。

  那一顿晚饭，桌子上多了一盏油灯，灯盏里卧着两根白白的灯芯。

  我的生物钟大概很准。那顿晚饭因为比平日迟了两个小时，吃着吃着我的眼皮就撑不住了，舌头沉沉地拌不动饭了，不知不觉就迷糊了过去。惊天动地的一声"当啷"，我被惊醒，看见我的饭碗摔在地上，化作一地的惨烈。

满座皆失色，然人人屏气敛息，连吃奶的弟弟也不敢出声。我无语，硬起头皮准备承受母亲的暴风骤雨。

奇怪的是母亲并没有做雷霆怒状。只是正襟危坐，满脸肃杀，双眼仿佛视而不见。半天，那嘴唇轻轻翕动，吐出三个字：捡起来。

寡妇姑妈利索地弯下身子，妈说：不用你，要阿丹自己捡。

我让肚皮从长凳上滑下，在移过来的灯光下，在睽睽的目光下，在八仙桌沉重的阴影下，我一点点收拾起那些锋口利利的残局，将它们放到那尚留着一角碗帮的破碗底里。我正待将这一叠子倒霉扔到外边去，妈妈那幽幽的声音又响了：

"放一撮盐。"

我双手在灶面上一趴，双脚便蹭到了灶台的腰箍上。灶面上的水湿了我的肚脐，冷到了肠子。我继续将身子向上向前伸，越过那直径二尺三寸、还余半锅粥的大锅，终于够着了烟筒梁脚的盐钵，我抓到了盐，又从灶沿滑下，将盐放进残碗底部。

"抓一撮米。"

米在储藏间，储藏间弯弯曲曲漆黑一团出鬼魅走蛇虫。这时候我已顾不得了，我磕磕碰碰摸摸索索，终于摸到了那个冰凉的大肚子米缸，推开那沉重的缸盖，探进手去，空空；再钻进头去，双脚早已悬了，还是空空；我一个猛子扎到了底，耳朵里听到了怪兽般的瓮瓮声，总算在缸底抓着了米，便赶忙从那黑暗里逃离出来。

"舀点水。"

水最简单了，家里也只有水缸最满。只是那破碗底太浅，我将一点水倒进去，它就淌出来，倒把盐米冲走了一些。

我以为这下子可以出门了，不料妈那声音又起：

"找张红纸来，避避邪。"

又要进储藏间！我忽然觉到身体的哪一部分要崩掉。但我知道崩不得，家里没有救世主，妈妈认真起来，"糯糯佛"爸爸照例爱莫能助。何况那天晚上他有心事，现在想来也许就是因为"饭碗"。

我咬紧了牙关，像咬住了某一根支撑物，再一次摸进了那黑得深刻、黑得遥远的储藏间。这一回妈妈准我带一盒火柴，但只能用来辨别纸头的颜色用。我拉开了一个个大的小的、长的短的、紧的松的破抽屉，烧着了一根根火柴并烧疼了我的手指，终于找出了一块舌头大的红纸。

红纸放进了碗底，酿出了一摊鲜血。

姑婆拔下发髻上的银簪，在灯盏里蘸了几点油，滴进了破碗底；妈妈接过表哥递给她的柴草，摘成寸把长的几梗，盖在那堆碗片上。然后把那一堆神圣的破烂，端放在我的头顶。

"顶上它，不许摔倒，送到大门外，搁在柑园围墙的墙洞里！"妈妈下了最后一道命令，将小弟递给姑妈，起身收拾碗筷。这顿饭，全家都只吃了一半。

我双手举过头顶，诚惶诚恐地捧着那一堆破碎，我的腿蹭着腿，我的脚磨着脚，战战兢兢地走出厨房门，走出二门走出大门，外头的天跟储藏间一样地黑，不知谁家的狗在叫，碗片们在我的头顶摇摇欲坠，混和着盐、混和着油、混和着血、混和着米和柴的水，濡湿了我的头发淌到了我的脸上，和我汹涌的泪水汇成几条小溪，畅快地往我脖子里流去。

从那以后，"饭碗"这个词儿就以一种特殊的形式镌刻在我的记忆里。

铿锵腰鼓

　　每当腰鼓声响起时，我的精神都会为之一振。如果那声音来自较远的地方，我会循其声，觅其踪，直到找见那些身穿红衣、身背红鼓、英姿飒爽的姐妹们，我就驻足欣赏一会儿，然后像过了把瘾似的离开。

　　我喜欢腰鼓，也喜欢打腰鼓的人。我认为腰鼓是集舞蹈、体操、打击乐器于一体的艺术，是最好的健身活动。在所有的文体活动中，腰鼓当推首位。

　　在我七八岁时，家乡忽然兴起了腰鼓热。大凡家庭条件还行的人家，都给孩子买一个儿童腰鼓，让他们咚咚咚地敲着玩。不久，学校里来了一位新老师，好像是什么文工团下来的，姓殷，男性，北方人，说一口舌头卷得很厉害的普通话。他瘦高个儿，非常精神。他随身带了个大红腰鼓，两根鼓槌的顶端飘着大红绸带。他打起腰鼓来，跳得很高，舞得很美，那两根红绸子一扭一扭的，像两个小仙女。

　　殷老师什么课也不教，专教腰鼓。当时学校都穷，置不起正经腰鼓，街上也没有标准的腰鼓卖；所以那些有玩具腰鼓的孩子就把腰鼓敲到学校里来了。

　　殷老师把他们排成队，喊着立正稍息。我们这些没有腰鼓的孩子就站在一边看热闹，眼睛里满是新奇和艳羡。一会儿，我们就发现这腰鼓队员不是那么好当的，只见殷老师拉长个脸，手指直直地戳到孩子们的脸上：你，挺胸！你，提臀！你，干吗站得像麻花似的！可是纠正姿势不是件容易的事。殷老师生气了，就从队伍里唰唰唰地拉出去几个，接着继续喊口令，看看不行，再拉出去几个。几番下来，场上稀稀拉拉的只剩下四五个人了。

殷老师把目光转向外围的我们，然后喝令我们站队，又是几次唰唰唰的筛选，才勉强凑足了 20 个队员。

我们唱歌般地喊：殷老师，我们没腰鼓啊！殷老师说，自己想法子去！

我不知道别家的孩子是怎样想法子的，反正我回了家，一提出买腰鼓的要求，就遭到母亲的拒绝。她说：买什么买，钱呢？但是母亲并不想放弃这么难得的机会，于是她说：我替你借去。

不知她跑了几户人家，也不知她说了多少好话，最后将一个儿童腰鼓借给我的是九间屋的郑巨可家。巨可的父亲又开药铺又开孵坊，当然很有钱。母亲借到了腰鼓，千叮咛万嘱咐的，让我保管好这个腰鼓，不能碰坏，不能掉到地上摔裂了，更不能丢失掉，否则她没法向巨可家交代。我把头点得像鸡啄米似的，我虽然粗心，但当时把腰鼓看得跟命一样，心想我一定会善待它，我丢什么也不会把它丢掉。

殷老师先教我们打腰鼓的基本手法、步法；然后，他表演了跑马步、游龙步、秧歌步、鱼灯步、虎跃步、鹤舞步……他腾挪跳跃，旋转蹲行，一会儿来个鲤鱼打挺，一会儿来个鹞子翻身。

鼓声铿锵，动作生风，看得我们眼花缭乱，气都喘不匀了。

我们的儿童腰鼓太小，或者说我们的基础太差，学了一阵子，还常常把鼓点打到鼓板上，尤其是那些高难度动作，或是拉不开架子，或是小里小气的动作不潇洒。殷老师常指着我们批评说：阴柔，南方的阴柔！我不懂什么叫"阴柔"，却明白我们没学好。于是心存惭愧，总是想，等我们长大了，有了正宗的腰鼓，我们一定会打出像殷老师一样的水平来。

不管怎样，学校总归有了自己的腰鼓队，遇着个节日什么的，拉出去就是一个节目，热热闹闹、喜喜庆庆地很受欢迎。

有一回在排练过程中，我内急了。学校的厕所，是方形的茅坑，上面架着刨得平平展展、钉得结结实实的木板坑码，显得干净宽敞。我把鼓槌往坑板上一放，还来不及解裤带呢，一支鼓槌一滚，自甘堕落地滚进粪坑去了。我顿时如五雷轰顶，站在那里半天动弹不得。

我不敢把这个悲惨的消息告诉母亲，我怕招来一顿好揍。我也无法把那支倒霉的鼓槌捞上来，如果我是个大人，拿一把烧饭的长火钳，也许可以把它夹上来。可当时的我吓坏了，我不敢把此事告诉任何人。从此，我陷入极端痛苦的被追讨鼓槌的尴尬中，甚至上学都不敢从巨可门前经过。我的腰鼓生涯也从此而告终。

特殊时期间，我在一所小学里当教师。那时狂热得很，隔三岔五就要来个革命大游行，学校自然不甘落后。拉出去的就有彩旗队、红绸队、花束队和腰鼓队，等等。我这位班主任带的是歌舞队，一路行进，且歌且舞；我们唱着：敬爱的毛主席，我们心中的红太阳。我们有多少贴心的话儿要对你讲，我们有多少热情的歌儿要对你唱……

孩子们很努力地演唱着，可是游行的街道拥挤，围观的人声嘈杂，那时又没有夹在衣襟上的话筒，歌声基本都被淹没了。我心想，就凭我们这个样子，毛主席他老人家能听得见我们说的贴心话儿、能感受我们唱的热情歌声吗？正在惶惶，但见腰鼓队领头的高举大钹，锵！锵！锵锵！钹声过后，腰鼓声起：咚嘭咚嘭，咚咚嘭咚嘭！动作整齐划一，鼓声雄伟浑厚，大家的精神一下子振奋起来了。

是的，腰鼓声是宏大的，是底气十足的，谁也别想超越它。

前年我去过一次大西北，我站在黄土高原上，欣赏了正宗的腰鼓表演，那是怎样的一支队伍啊，黄皮肤黑眼睛的汉子们，他们头系白羊肚手巾，身穿对襟布袄，却是不扣扣子的，用一条红腰带扎紧了。他们的腰鼓，有搁在脖子下的，有挂在胸口上的，还有的是顶在脑袋上的，并不像我们南方一定要系在腰间。他们身上背着的腰鼓，或一个，或两个，或子母腰鼓大大小小一串串的。他们手之舞之，足之蹈之，猿窜鹿跳，龙腾虎跃；带起的黄土似烟，似雾，似风！

我懂得了什么叫阳刚，什么叫威猛。我站在那里，怀着一种虔诚，聆听鼓声铿锵。再细细品味，那鼓声似黄河怒吼，似大海澎湃，似兵车隆隆，似雷霆万钧；那仅仅是腰鼓吗？不，那是不屈不挠的中国魂啊。中华的健儿们，演奏出气魄，演奏出自信，演奏出地动山摇的中国精神！

西北毕竟离我们太远，那壮观的场面很难能见到第二回。我把心收了回来，去关注我们本地跳广场舞的大妈们，她们有时也打腰鼓。她们都老大不小了，身材当然没有少女的苗条，皮肤也没有妙龄的光滑和弹性，可是她们是振作的，是健康的，是乐观向上的，总之，她们的状态很好，让我尊敬，让我佩服。

咚咚的腰鼓声奏出她们的第二青春、第三青春，红鼓红衣映得她们脸色红扑扑的；多美、多好啊！

我想，打腰鼓的女人不老！